Martita

LA MUJER MÁS BELLA DEL MUNDO

Joel Moreno

authorHOUSE

AuthorHouse™
1663 Liberty Drive
Bloomington, IN 47403
www.authorhouse.com
Teléfono: 1 (800) 839-8640

Publicada por AuthorHouse 11/26/2019

ISBN: 978-1-7283-3710-4 (tapa blanda)
ISBN: 978-1-7283-3708-1 (tapa dura)
ISBN: 978-1-7283-3709-8 (libro electrónico)

Información sobre impresión disponible en la última página.

- Amor Eterno -

Cantar de tu belleza
no es abrazarte
Narrar mi amor por ti
no te acercará
Un corazón vacío
en mi existencia insípida
Floto sobre un desierto
¡de un millar de lágrimas!
Siempre anhelando,
eterno mi esperar
Hasta que vehemente pise
dentro mi gloria eterna
y estar contigo otra vez

Joel Moreno y López

Prólogo

Sería imposible empezar a contarles esta historia de amor sin primero derramar un millar de lágrimas al recordar a aquel ser adorado que ya pasó de este mundo al otro, y al cual dejó de festejar mi vista cuando triunfó la tierra y se la llevó para siempre en el día de su sepulcro. En esa ocasión, temblaba mi corazón de tristeza, angustia, incredulidad, y gritaba con coraje a la vez, siendo que reconocía en ese mismo instante que jamás de los jamases volvería a compartir los sentimientos cotidianos con ella.

Mis pupilas nunca volverían a deleitar la vista de aquel tesoro, aquella mujer tan preciosa que solo al ver su imagen se llenaba mi ser de orgullo, sabiendo que yo era parte de su existencia y que los tantos dones que Dios le había heredado, los practicó con mucho ánimo durante su vida y los compartió conmigo durante mi tiempo a su lado: ¡fui su mejor protegido! Nunca volverían mis manos a detener las suyas y guiarla como cuando caminábamos juntos por las playas de California durante los veranos o por el gran Desierto Mojave en los inviernos, o por las bellas ciudades del centro y sur California tales como Fresno, Bakersfield, San Luis Obispo, Ventura, Santa Bárbara, Los Ángeles y San Diego. Ni volvería nunca ya a acariciarle su cara como lo hacía cuando me sobrellevaba la emoción por el respeto y orgullo, o simplemente el gran amor que sentía por ella. Ella, quien mi corazón aseguraba ser la mujer más bella del mundo y con la cual me había enamorado desde niño. Ella, la imagen de la mujer sufrida: fuerte, aguantadora, orgullosa, y más que nada, fiel a las cosas de Dios. Ella... Mi madre.

Marta López García, hija del pueblo de San Vicente, Nuevo León, México. Nacida el 14 de febrero, en 1913. Orgullo mexicano. Nunca olvidó sus raíces ni el sufrir de su gente. Los amaba con toda su alma y lloraba mares al recordar que el sufrimiento, a veces innecesario, seguía siendo parte del trapo humano aún en el siglo presente. A la vez, sus lágrimas, por el sufrimiento del hombre en la tierra, siempre formaban un puente al mundo de la oración. Era allí donde yo presentía que existía su fuerza más potente; cuando se comunicaba con el Creador de toda la existencia, y, según ella, "el que nos ha amado desde mucho más antes de los principios de los principios." En esos precisos momentos ella siempre estaba dispuesta a cambiar lugar con el más sufrido, y cargar la cruz del prójimo para disminuir su dolor.

En ocasiones pienso que Dios la escuchaba muy pensativo y con mucho enfoque, y que sí le pasaba una partecita del dolor de algún sufrido. En parte, fue dura su vida, y en otra, fue de mucha satisfacción. Su inteligencia era algo genial. Pudiera haber sido una gran mujer en el mundo académico o político, o ¡Dios sabe qué! Sus enseñanzas sobre las cosas de la vida eran sabias y luchaba para defender al desamparado. Pero su mayor trabajo, y a resumidas cuentas, su destino mayor, fue el de ser simplemente mi madre. La persona que Dios destinó para guiarme por las tempestades de la vida, enseñarme a navegarlas como si fueran olas del océano que vienen y van; a veces con gran tormenta, y en otras ocasiones, con la gracia de una bailarina.

Doy gracias a Dios, por haberme dado el honor de compartir una gran porción de mi vida con esa criatura tan maravillosa que envió a mi escala de tiempo, y por haber sido yo heredero de su sabiduría. Claro, me imagino que nunca pudiera haber funcionado esto, si el Ser Supremo no me hubiera tocado también con el don de discernimiento, sensibilidad por los sentimientos de otros, y la pasión para amar a todo ser viviente con mi alma y corazón. Qué grandes maravillas creaste en mi existencia, ¡Oh Señor!

En fin, espero que esta historia les agrade, aunque sea un tantito, y que al leerla, puedan integrarla en su alma como una lección verídica y aspirar a entender un poco más acerca del misterio del amor eterno que nos ha heredado el Arquitecto del Universo, aquel quien nos ha amado desde los principios de los principios y promete amarnos hasta el final de los finales. Aquel, quien por su amor tan profundo a nosotros, engendró a un hijo entre la humanidad, perfecto de todo pecado, e inocente de algún crimen cualquiera, y quien aceptó la muerte más cruel de aquellos sus tiempos aquí en la tierra. Todo para que nosotros, colectivamente, tuviéramos una oportunidad de salvación eterna y la esperanza de reunirnos de nuevo en los días finales con nuestros seres queridos, y más importante aún... ¡con el mismo Padre celestial!

Así me lo explicaba esa Señora divina quien fue mejor conocida como Martita durante su larga vida. "Y si algún día nos vamos a encontrar en el cielo como madre e hijo que fuimos en la tierra", me decía, "tienes que portarte bien, retirarte de las tentaciones del chamuco, pedirle fuerza espiritual a Dios para que puedas hacer obras buenas en el mundo y solo así, tú y yo, nos encontraremos juntos otra vez, y tendremos toda la eternidad para que me platiques de las obras buenas que hiciste en el mundo cuando yo ya no estaba a tu lado."

Mi corazón lloraba en silencio al pensar que algún día muy pronto nos tendríamos que desprender. Yo no entendía en esos momentos, que la Sabia me preparaba emocionalmente para esa separación. Hasta ese entonces, yo había pretendido que nuestra relación aquí en la tierra no tendría fin. Ella, a la vez, supo desde muy temprano en mi vida que yo no era como sus otros hijos. Por algún misterio de la vida o quizás simplemente por obra de Dios, yo heredé una sensibilidad emocional. Mi enfoque siempre ha sido el de atender a los sentimientos de otros, antes que los míos. De tal manera, conecté con mi madre de alma y corazón desde muy chiquillo. Ella notó que mi sensibilidad a las cosas del espíritu era muy similar a la de ella y que yo siempre buscaba manera de que haya paz entre el hombre y entender la conexión entre los vivos y los del más allá. Quizás fue por eso por lo cual, desde muy joven, acepté mi papel de protector de esa gran mujer. La acepté como mayor, sabia, maestra, mentora y madre. Pero más importante, llegué a conocer a su espíritu quien la guiaba por el pasaje de la vida. En ocasiones fue dura de carácter, especialmente cuando se enfrentaba con las tempestades de la vida, pero en otras, fue como una cucharada de azúcar para el café.

Mas ahora, al escuchar sus palabras de retiro, me puse a contemplar de manera muy seria. *¿Quién verdaderamente es esta gran mujer? ¿Cuál fue su propósito en este mundo? ¿Cumplió con ese propósito?* Y, más que nada, *¿Cómo fue que me apegué tanto a ella?* Lo qué sí sabía por haberlo escuchado entre tanta historia que platicaba durante su larga vida, es que ella y mi papá cruzaron la frontera Tejana por separado cuando eran jóvenes, en búsqueda de una mejor vida, y allí se conocieron. Fue entonces que Marta López se casó a los 13 años con el joven Carmen Moreno quien tenía 17, en Chapman Ranch, Texas, en 1926. Sostuvo 15 embarazos de los cuales logró 12 hijos vivos. Su tercera niña murió a los 10 meses y de los 11 que le quedaron, yo fui el onceavo. A los cuatro días de haber nacido yo, ella cumplió 42 años.

Fuimos una familia de inmigrantes y migrantes. Mis padres primero cruzaron la frontera americana y más adelante, como familia, cruzamos fronteras estatales americanas en búsqueda de buen trabajo para sostenernos.

Capítulo ⟪ 1 ⟫

Los Sueños

⸪

Dos Sueños

Tuve un sueño. Bueno, más bien, tuve dos. En el primero, me encontraba en una cocina no totalmente desconocida, porque al estar allí, se removía algo en mi memoria que me causaba sentir que yo había estado aquí en otro tiempo. Contenía una estufa de porcelana blanca, no muy moderna pero funcional y de buen tamaño para lo que parecía ser una casa chica. Había dos puertas, una de salida al patio y la otra daba rumbo hacia adentro del hogar. Al asomarme rápidamente hacia fuera, vi un jardín espectacular con muchas flores de todo tipo. *Qué amor le tienen a ese jardín,* pensé. Adentro, vi la vajilla guardada en su lugar en la despensa sin puertas y noté que consistía en una colección de platos y tasas misceláneas. Al verlos, recordé mi juventud, cuando acompañaba a mi madre a las tiendas de artículos de segunda mano para comprar vajilla como esta. Todo lo que me rodeaba en esa cocina era placentero para mi vista. Aunque se notaba la escasez, no reflejaba pobreza, más seguridad y orgullo por parte de quien vivía aquí. Todo se veía limpio y en orden. *Solo falta ver un calendario de esos que regalaban en las tienditas de mi niñez,* pensé, *para sentirme totalmente en casa.* Pero aquí no había calendarios.

Finalmente, mi vista se fue hacia una mesa chica rectangular de madera con dos sillas hechas de lo mismo. Sobre ella, estaban dos tazas con dibujo de flores amarillas, como en espera de un buen café. En ese momento y por medio del aroma que llenaba el aire, mi atención se fue rumbo a la estufa donde vi tortillas de harina recién hechas, una olla de frijoles, también

1

recién hechos, un sartén de nopalitos con chile colorado y una cafetera tipo antigua que hervía con su contenido. Cerca, estaba un frasquito de café instantáneo. Me empezó a entrar un poco de temor porque de repente, todo se empezaba a sentir mucho muy familiar. De pronto, oí una voz que me estremeció el alma al instante. "¡Joel, ya llegaste! ¿Por qué te habías tardado?" Al voltear, vi que entraba una persona por la puerta interior. Por un momento, me congelé por el impacto de oír esa voz tan conocida y ver la cara de aquella mujer que resplandecía como la de un ángel bajando del cielo quien se presentaba ante mí. Todo parecía ser surreal. "¿Qué te pasa? ¡Hasta parece que has visto un fantasma!" me dijo. "¡Mamá!," le respondí casi a grito abierto. "¿Eres tú?" "¡Ja!, ¡ja!, ¡ja!, ¿pues a quién otra esperabas?," me contestó. "¡Ay Joel, cómo te has hecho gracioso!" "¡Mamáááá!," seguí diciendo, y, con mi alma llena de emoción, la abrazaba como para nunca soltarla jamás. "Ya suéltame," me dijo, "no me vayas a matar. ¿Pues qué traes tú ahora? ¿Por qué tan amoroso? ¿Qué has de querer?" "Madre mía", le contesté. "¡Cómo te he extrañado! ¡Ni te imaginas lo que sufro al no verte en mi vida!" "¡Válgame, Joel!" me respondió. "¿Por qué dices eso? Si no me ves es porque no has venido a visitarme. Aquí estoy, como siempre. Esperando a que vengas a darme la vuelta. Mira, ya está el agua pa'l café. Siéntate, pa' tomarnos una taza y platicar. Para que me expliques porqué vienes con esas lágrimas tan profundas. Más tarde comemos."

"Ay mamá", le dije, "desde que te fuiste, siento una tristeza tremenda. Hay veces camino y ni sé qué rumbo llevo. María, mi pobre esposa, ha de creer que ya me volví loco por completo." "Pero, Joel, ¿por qué dices que me fui? ¿A dónde? Si aquí estoy en el mismo lugar de siempre." "Mamá" le dije, "te estoy hablando en serio, ya no juegues conmigo. Tú ya estás muerta y yo sé que este es solo un sueño." "¡Ja, ¡ja, ¡ja!," respondió. "¡Dizque ahora me tienes por muerta! Ay, Joel. ¿De dónde sacarás tanta cosa? Y más importante, ¿por qué? ¿Ya te cansaste de mí, o qué?" "¡No!," le contesté. "Al contrario, ¡quisiera tenerte ante mi vista para siempre! Pero tú te moriste en el mundo y me dejaste. Una vez, cuando yo era niño, me prometiste que íbamos a estar juntos para siempre, y no fue cierto. Cuando moriste, yo me quedé para tristear por tu ausencia el resto de mi vida. Y cómo lo ves, por el momento estoy encantado al encontrarte de nuevo, pero sé que tengo que despertar de este sueño, regresar al mundo de los vivos, y dejarte aquí."

Todo esto se lo decía yo con el llanto por encima. No pude contener mis emociones al haberme encontrado de nuevo con ella. Mas pronto entendí que soñaba. No había otra manera de explicarlo. Ella, muy preocupada, me abrazaba con la misma ternura de siempre y me consolada como cuando era niño. "Ay, Joelito. Todo está bien. Mira, aquí estamos los dos como siempre y yo te veo muy despierto, no dormido." "Pues sí" le contesté, "pero yo sé que este es el mundo de los sueños, un mundo de ilusión, y al despertar en mi cama, regresaré a la realidad." "¡Vaya!," dijo. "¿Y por qué tiene que ser ese mundo la realidad y este la ilusión? ¿No vaya a ser que traigas las cosas al revés y este sea la realidad y el mundo en donde esperas despertar, la ilusión?" "Mamá," le respondí, "tú siempre la sabia. Hay algo muy lógico en lo que me sugieres, voy a considerarlo."

Convivimos por un buen rato, yo platicando de tanta cosa que experimentaba durante el tiempo desde que ella se alejó, y, ella como siempre, explicándome que Dios trabaja de manera misteriosa, y que me enfocara en el presente. "Nunca nos hemos separado" me dijo, "aquí estoy como siempre. Ya viste, lloramos, nos reímos, nos amamos como madre e hijo, y la vida sigue igual. Ven a verme cuantas veces quieras. Esta es tu casa como siempre la ha sido." Y al decir ella eso, desperté. Pero ya no con la misma tristeza de antes, sino con una alegría renovada en mi corazón. *No está muerta*, pensé, *¡sigue viva en mis sueños!, y para ella, ¡esa es la realidad!*

Algunas semanas después, en mi segundo sueño, me encontré en la misma cocina de antes y con la misma cafetera en la estufa, con el agua hirviendo. Mas ahora en la mesa había mucho pan dulce mexicano y un montón de tazas. Parecía ser día de fiesta. También estaban varias mujeres agrupadas allí, platicando. Cuando me vieron, exclamaron todas, casi al unísono, ¡Joel! ¡Ya llegaste! Eran mi madre y sus hermanas Goyita, Nieves, Jesusita, y Chavela. Todas habían estado sentadas alrededor de la mesa platicando, bebiendo café acompañado del pan dulce. Cuánto gusto sintió mi alma al ver a todas aquellas bellas mujeres que amé en vida y seguiré amando en espíritu para siempre. "¡Pásate, Joel!," exclamaba mi madre. "Mira, aquí están tus tías. Todas vinieron a verme y estábamos con la esperanza de que tú también llegaras." "¡Mis adoradas!," exclamé. "¡Qué gusto verlas de nuevo!" "Y nosotras también, hijito, ¡qué alegría en verte!" respondió la tía Nieves. "¿Cómo has estado?" "Bien tía, ¿y usted?" le contesté. "Pues aquí como ves, hijito, estamos de fiesta." "Así es," confirmaron las otras. Todas empezaron a hacerme preguntas; "A ver, ¿qué noticias nos traes de tu familia? ¿Cómo están todos tus hermanos? Hace mucho que no sabemos de ellos. De ti, pues tu mamá nos platica que vienes muy seguido a visitarla." "Pues sí, mujeres," interrumpió mi madre, ¡solo que ahora Joel anda con la novedad de que todas estamos muertas!" "¡Ja!, ¡ja!, ¡ja!," respondieron las hermanas en unión. "¿Cómo que muertas, Joelito?" Preguntó la tía Jesusita. "Aquí estamos contigo. ¿Ya no nos quieres o qué?" "Ay hijito," continuó, "quizás ya estás aburrido de tus tías tan necias." "No" le respondí. "Las voy a querer hasta el final de los finales. Ustedes fueron la alegría de mi alma, pero ya me dejaron solo en el mundo de los vivos y solamente puedo verlas en el mundo de los sueños." "¡Vaya!," interrumpió la tía Goya. "¡Este cabrón! ¡Ya se convirtió en mago! ¡Dizque anda viajando de mundo en mundo! ¡Ja!, ja!, ¡ja!" "Así es," le dije. "Pero por ahora, soy el hombre más feliz porque estamos juntos otra vez. ¡Las amo, mis queridas!" Y nosotras a ti, respondió la tía Chavela. Tú siempre has sido muy bueno no solo con tu mamá, sino con nosotros también."

Fue entonces que vi entrar a tres hombres a la misma cocina. "¡Miren!," exclamaron las tías casi al unísono otra vez. "Ya llegaron nuestros hermanos." Y al decirse eso, vi entrar a los tíos Valente, Goyo, y Tano. "¡Tíos!," grité con la misma alegría en mi corazón. "¿Cómo están?" "Bien hijo," respondió el tío Goyo. "¿Y tú?" me preguntó. "Bien," le contesté. "Pues platícame," dijo, "acerca tu familia y lo que has hecho últimamente."

Así nos la pasamos lo que para mí parecieron ser horas. Yo encantado de estar con mi madre y sus hermanos de nuevo, y ellos, celebrando su convivencia y mi visita, más todos mistificados de que yo hablaba de dos mundos, ellos en el de los sueños, y yo en el de los vivos. "Tendremos que platicar más acerca de ese tema," me retó el tío Goyo. "¡Sí, tío!" le prometí. "En la próxima vuelta, nos sentaremos con el café en mano para platicar de manera más profunda, como lo hacíamos usted y yo antes." Luego me dirigí a los tíos Tano y Valente. Aunque yo era muy joven cuando ellos dejaron el mundo de los vivos, los recordaba con mucho cariño. Los abracé, y lloré ante ellos. Lloré porque recordé en ese mismo instante, lo que ellos habían sufrido en el mundo de los vivos. Valente por ser hijo mayor e ilegítimo y Tano por su vicio al alcohol. "Todo está bien hijo", me aseguraron. "Estamos en un lugar de paz. Ya no sufrimos. Y también recordamos lo bueno que fuiste con todos nosotros. Tú eres el espíritu de amor que Dios nos envió. Aquí podemos escuchar las oraciones que haces por todos, y en particular, por los que ya no te acompañan al diario". Y al decir ellos eso, lloré otro mar.

Al momento, los tíos Goyo y Tano sacaron sus guitarras y empezaron a tocarlas y a cantar como lo hacían en vida. Unas canciones muy románticas, más de otro tiempo. Las empecé a recordar y canté junto con ellos una que mi madre me cantaba en vida, diciéndome que esa canción la cantó en su juventud, y me advertía que cuando yo la escuchara, allí iba a estar ella conmigo. *Cómo quieres ángel mío que te olvide si eres mi ilusión. En el cielo, en la tierra, en el mar... Para siempre estaremos los dos.* Las tías, todas, se arrimaron más al círculo de la música y prestaban mucha atención, unas cantando y otras solo escuchando, pero con alegría en sus caras. Y de nuevo se acabó mi sueño y desperté al mundo de la realidad, ¿o será el de la ilusión? ¿Quién lo sabe? ¡Solo Dios!

Capítulo ⟪ 2 ⟫

El Final

Los Últimos Meses

Tenía días quejándose del cansancio y la falta de humor. "Joel," me murmuraba, "me siento muy mal. Siento que se me van las fuerzas y solo quiero estar acostada en mi cama. Ni hambre me da." *"¡Santo Dios!"* pensaba yo. *"¿Qué tendrá mi madre?"* "Ay, Martita," le respondí, "no te rajes, recuerda que eres de Nuevo León." Esa fue la frase que usó por toda su vida cuando su increíble ánimo era retado. Nunca se daba por vencida, sin importar lo difícil que fuera la tarea a mano. "¡No me rajo!" exclamaba, "¡porque soy de Nuevo León!" Y de tal manera, proclamaba esas palabras como si fuera porrista de su estado natal. Parecía renovarse su espíritu y seguía adelante con nueva energía. Pero esta tarde no fue como antes. "Ya no," me contestó. "Creo ya me está llamando el mero Dios, y me tendré que ir muy pronto." "¡Ay no!" le respondí. "No digas eso, mamá. Todavía te faltan muchos años." "No, Joel, siento que se me va el alma." Al decir eso, vio en mí la tristeza profunda que cargaba en mi ser. "Pero no te pongas de esa manera", me dijo. "La muerte es un camino por el cual todos tenemos que pasar. Antes, no quería irme y dejarte solo ya que no te casabas. Pero por fin, Dios me escuchó y te ha dado una buena mujer quien te ama y te cuidará con amor." "Ay mamá", le insistí, "no hables de la muerte, por favor." Y ella, viendo y sintiendo mi aflicción continua, le agregó a sus palabras, "bueno pues, entonces ¡cúrame tú! Siento que mi alma me rodea por fuera y eso ha de ser mi debilidad. Quizás estoy padeciendo de algún susto." Al oír esas palabras que para mí fueron animadoras y llenas de esperanza, instintivamente brinqué de donde estaba sentando y me fui rumbo a su recámara por una sábana blanca. Luego a la cocina donde tomé dos huevos, un cigarro de la cajetilla que ella escondía en la cocina, y los cerillos con que prenderlo. Ni Martita ni nadie en casa fumábamos, pero siempre había una cajetilla de cigarros guardada para utilizarse en casos como este. "El tabaco", me había dicho desde niño, "es sagrado. Se debe usar para sanar a la gente, no pa' que lo agarren como un mal hábito de todos los días".

Encaminé a mi madre de la mano hacia la parte del patio que estaba asombrado por un techo y con piso de cemento. Puse la sábana sobre el suelo y la dirigí a que se quitara los zapatos y pisara sobre ella, descalza. Me distancié un poco de ella y empecé a recorrer el primer huevo sobre mi propio cuerpo, para purificar mi espíritu, citando el Padre Nuestro y pidiéndole a Dios que me librara de las malas energías del mundo y que elevara mi espíritu a ese lugar de paz y entono espiritual de donde yo pudiera ayudarle a mi madre a encontrar su balance espiritual, mental, y físico. Tomando el segundo huevo, me le arrimé, e hice lo mismo con ella, enfocándome en sus centros de energía. Le pedí a todos los santos del cielo a que me acompañaran en este trabajo. También pedí que me asistieran los poderes espirituales que representan los cuatro vientos; el colibrí del norte, la serpiente del sur, el jaguar del oeste, y el águila del este. Recordando que ella siempre me decía que sus seres queridos ya finados nunca la abandonaban, ya hayan sido parientes o amistades en vida, les llamé también para que me ayudaran. Pedí que su espíritu se librara de las tentaciones mundanas y que llegara a un estado de sanación completo.

Al final, prendí el cigarro y lo fumaba sin inhalar. Luego soplaba el humo hacia ella mientras yo la rodeaba. Al mismo tiempo, le imploraba en silencio a la fuerza mayor del universo que me guiara. Siendo que ya Martita me había avisado que se le iba el alma, le pedía yo a ese mismo que regresara a su cuerpo. "Marta" le llamaba yo. Y ella, intuitivamente y ya por tanto año de hacer lo mismo con la gente que curaba del susto, me respondía, "aquí estoy." "Marta," repetí de nuevo mientras le imploraba "regresa a tu templo, que se encuentra muy débil sin ti." "¡Marta!" le supliqué por tercera vez. "Ahí voy" me contestó, "ahí voy." "Regresa a tu templo" le volví a pedir. Y así estuvimos unos minutos hasta que vi entrar en ella una paz, y entendí que ya se encontraba mejor. Ese rito lo repetí por tres días, ya que miraba que se sentía bien unas horas y parecía regresar a su estado de ánimo normal.

En esto, yo ya tenía varios días que escuchaba una voz de adulto masculino que me llamaba; "¡Joel!", y por hábito de vida al habérseme inculcado desde niño en respuesta al llamado de los mayores, respondía en voz alta "¡Mande!" y volteaba en búsqueda de quien me llamaba, mas no había nadie. Ocurrió así dos o tres veces durante varios días, yo mistificado por el hecho. Al tercer día de curar a Martita, tocó ocasión que me acompañaba mi hermana Juanita. Entre los dos, le pusimos un catre en el patio para que se acostara bajo la sombra de los árboles y muy cerca de su jardín, el cual ella misma había cultivado, y disfrutar del aroma de las flores naturales que ella tanto apreciaba. Al estar en la tercera etapa de sanación, oí de nuevo que se me llamaba en voz fuerte, "¡Joel!" y, como antes, contesté, "¡Mande!" Mas esta vez también la escuchó Juanita y me preguntó, "¿quién es?" "No sé," le respondí, "ya tengo días escuchando esa voz que me llama por nombre y cuando lo investigo, no hay nadie." "Qué raro..." dijo ella. "Qué raro." Y en eso, me fui rumbo a la puerta de entrada para ver si por suerte en esta ocasión sí había alguien quien me buscara, pero igual que antes, solo el viento.

Regresé al lado de Martita y seguí orando por ella. Le pedía al mero Dios que se compadeciera de ella y le regresara su salud. Martita con los ojos cerrados, escuchaba mi plegaria y en silencio también ella rezaba. Yo veía que se le movían los labios y sabía que estábamos en la misma corriente espiritual. De repente, abrió los ojos y volteó hacia su lado derecho: "¡Mi papá!" exclamó. "¡Mi papá está aquí conmigo!" *"¡Oh, Dios!,"* pensé yo. *"¡No!, por favor, ¡eso no!"* Yo entendía el significado de su visión por haber escuchado tantas historias de los viejos quienes platicaban que cuando se le arrimaba a uno al estar enfermo, algún pariente ya difunto, y en particular, aquellos con quien uno estaba muy amarrado emocionalmente, era porque ya se le acercaba la hora de muerte a la persona y venían los espíritus amados para acompañarla en su viaje rumbo al más allá.

Al buscar apoyo en Juanita, volteé hacia ella, y la noté también muy preocupada y nerviosa. Vi en sus ojos la misma tristeza que sentía yo. "No hay nadie" le aseguré a Martita, "No hay nadie." "¡Sí!" me respondió de nuevo y con mucha emoción, "¡aquí está mi papá!" Y con una mirada muy contenta y la vez mistificada, nos dijo, "Ya viene por mí." En ese instante yo no pude aguantar el sentimiento, y por no dejar que me vieran llorar ni ella ni mi hermana, me fui rápidamente hacia mi recámara, y allí solo, por un momento, derramé las lágrimas más pesadas y tristes que hasta ese momento, habían salido de mí. Mas pronto recuperé mi balance mental y regresé a mi puesto como buen soldado, al lado de mi madre acostada en su catre. Juanita percibió mi hecho, y en voz muy baja, me digo, "hazte fuerte." *Fuerte,* pensé yo. *Ya no tengo fuerza. A quien más amo en el mundo, se aleja de mí. Ya me lo está avisando.* Fue en ese momento que ¡experimenté una epifanía! La voz que yo escuchaba era la de su padre, mi abuelo, quien me advertía preparación emocional porque su hija Marta ya había cumplido con su tarea mundial y Dios la mandaba llamar. No existía ningún remedio en el mundo que detuviera ese proceso, pero quien lo retrasaba, aunque fuera solo por el momento, era yo. Yo, quien le rogaba al Dios de los cielos que se acordara de mí y me la dejara más tiempo. Yo, el egoísta que no la quería soltar. Pero su tiempo en la tierra ya había expirado. Dios había sido mucho muy bueno con ella y conmigo. Ya la mandaba llamar a su palacio celestial. Mientras, yo tenía que hacerme fuerte y aguantar. Era nuevo esposo, tenía una mujer muy buena a mi lado. Una mujer que comprendía de estas cosas de amor hacia a los padres, y quien oraba por mí en silencio.

Ya tenía dos meses de estar enferma. No me podía explicar detalladamente sus síntomas más que decir que ya se le acercaba su hora. Sentía dolores en el estómago, la cabeza y por todo su cuerpo. Se quejaba de la alta presión, la ansiedad, los nervios, la artritis. Era una conglomeración de todos los achaques que había experimentado durante su vida. Un cansancio tan profundo había abrumado todo su ser. Temblorosamente me salían las palabras... "¡Aguanta, querida, aguanta! Solo te faltan once años más para llegar a los cien." Nunca he entendido el porqué era tan importante para mí que llegara a cumplir cien años. Me imaginaba hacerle un tremendo festejo donde ella brillaría como toda una reina y yo como el más orgulloso de sus once hijos. Pues ni modo, no fue así. ¡Uno pone y Dios dispone! En resumidas cuentas, y con el paso del tiempo, llegué a entender que era mi egoísmo el que no quería soltar y perder para siempre en esta tierra a mi más fuerte seguridad.

Era muy conocida su vista cuando se sentía indignada. "¿Cien años?", murmuró. Y sin palabra ninguna me contestaba en el negativo al voltear su cabeza de lado a lado y con su dedo digital derecho apuntando hacia arriba, insinuando el cielo, dándome a entender que ya se le estaba llamando. ¡Oh, cuán agonía sentía yo en mi corazón! ¡No quería aceptar lo inevitable! ¡¿Cómo sería posible que Dios me jugara una baraja tan cruel?! A mí, quien había caminado toda mi vida bajo una pauta tan estricta. A mí, quien el mundo criticaba y juzgaba de las peores indulgencias imaginadas y todo porque nunca la abandoné. Nunca permití que esas opiniones holocáusticas me convencieran de que sería mejor buscar mi futuro con esposa, crear mi propia familia y dejar que la viejecita luchara por sí misma.

Es la ley de Dios, me aseguraban. Que el hombre abandone a sus padres y se una con una mujer para formar su propia familia. Yo no podía aceptar tal reto. *Estará bien para todos ustedes,* pensaba yo, *pero a mí me tocó el papel de proteger a esta maravillosa criatura.* ¿Sería posible que el tanto amor que yo sentía por esta prenda fuera un error? ¿Podría Dios ser tan tortuoso y permitir tal confusión en mí? Pues nunca lo acepté. Bueno, no lo acepté hasta que un día, dos años antes de que se fuera mi adorada, sentí que Dios mismo tocó el hombro de mi consciencia y me dirigió hacia la mujer que llenaría el vacío insondable que muy pronto quedaría en mi corazón. Pero hasta que no presentí el llamado del mismo Dios, no cedí.

"¡No te des por vencida!", le imploraba yo. "Acuérdate de tus propias palabras cuando antes te encontrabas en momentos tan difíciles. ¿Qué no eras tú la que me aseguraba diciendo 'Soy de Nuevo León ¡y no me rajo!'?" "Sí," me respondió, sentadita en su silla favorita, "pero ahora sí estoy cansada y ya se me llegó la hora. Ya cumplí con mi trabajo aquí. Mira, ya tienes a una buena mujer que te atienda. Ya no necesitas de mí." *¡Oh, Dios!,* gritaba yo en silencio. Sentía que esas palabras eran un cuchillo de doble filo que se me encajaba en el corazón y alma. *¡No puede ser!,* pensaba. Solo los mares de lágrimas revelaban mi temor, tristeza y angustia. Trataba de guardar una imagen de macho aguantador ante mi mujer que estaba a mi lado, pero le fallé. Solté el llanto y de rodillas me hinqué ante aquella imagen que toda mi vida había sido invencible y le pedía a Dios que me diera más tiempo con ella. Pero no era posible. Dios ya me había prestado más de la cuenta que me tocaba.

Solo hacían dos meses antes cuando, ella, moribunda, se encontraba en el hospital, le rogué al Divino que me la prestara más tiempo. Con toda la esencia de mi existir le pedí la gracia de convivir un poco más con mi madre para no dejar cuenta abierta. "Dame la oportunidad de sellar para siempre nuestro amor entre hijo y madre, y no quedar con algún remordimiento por algo que no le cumplí. Permíteme darle a saber y comprobar para siempre que la amo tal como el sol ama a la tierra, y quien, como prueba, le ha prestado calor por toda la eternidad." Y así fue; me escuchó quien verdaderamente temo en esta vida y me hizo el milagro de milagros. Vivió mi madre y en esas últimas semanas la amé con todo fervor y busqué remedios por mar y tierra para que sanara de su quejar, mas era inútil... Ya estaba destinada su nueva hora. ¿Quién había experimentado su gracia más que yo? En sus últimos días, mi madre ya tenía ochenta y nueve años y los había vivido con mucha pasión.

Capítulo 3

En Casa

Otro Sueño

Desperté de un profundo dormir con un ánimo temeroso. Me agarraba con una incierta seguridad de la sábana que me tapaba. *¿Qué pasa?,* pensaba yo. *¿Por qué este estado de antítesis de ánimo al despertar?* Mas en ese instante, recordé mi sueño y me senté en la cama para contemplarlo.

Caminaba yo por una vereda de tierra muy larga en un campo desconocido. Veía por todos lados, tratando de encontrar mi paradero. Pronto descubrí que estaba en la entrada de un rancho. El camino me llevaba rumbo a unas casitas que se divisaban a la distancia. Había sembrío agrícola por ambos lados del camino y en ciertas áreas, se veían varios montecitos de árboles verdosos como mezquites acompañados de nopales y otras plantas nativas que quizás se habían dejado sin desenraizar para que sirvieran como áreas de descanso o áreas verdes. Me recordaba mucho a los paisajes tejanos de cuando yo era niño, cuyas imágenes se quedaron imprentadas en mi mente para siempre. Llevaba el paso rápido, como si estuviese compitiendo con el poco tiempo que me quedaba. Al rato, llegué ante un grupo de casitas, de esas hechas de tabla, donde los carpinteros no le metieron mucho afán a los aspectos arquitectónicos ni estéticos. Casas de rancho. Donde lo más esencial era tener un techo en donde refugiarse la familia. No había lujos. Me dirigí hacia una en particular y allí me encontré con quien yo buscaba. Era una señora muy guapa de algunos treinta y tantos años y su familia. Se veía, que, aunque eran pobres, parecían ser felices. A su lado jugaban unos niños, uno muy enfocado en arreglar su bicicleta roja. Muy cerca también, se encontraba el esposo de la mujer. Me quedé congelado por un momento estudiando a esta familia antes de reaccionar con el entendimiento completo de mi visita. La señora ante mí era mi madre, y el señor, mi padre. Los niños eran algunos de mis hermanos mayores. Me arrimé junto a la señora, saludándola con mucho afecto. *¡Mi madre!* pensé yo. *¡En su juventud!* "¿Qué se le ofrece?" me preguntó. "Buenos días", le contesté, "usted es Marta López, ¿verdad?" "Sí", me respondió. "Disculpe", proseguí, "usted no me conoce ahora pero un día en el futuro, sí me conocerá muy bien." Al decir esas palabras, mi papá pronto se apegó más a ella y me veía con desconfianza y celo. Ella, con una mirada de confusión, me clavó la vista. "¿Y quién es usted?" me preguntó. "Mi nombre es Joel," le dije. Y sintiendo un poco más de confianza con ella, le comuniqué informalmente, "Vengo de tu futuro. Soy tu hijo, el menor de los once que tendrás. Vengo desde muy lejos, caminando hacia atrás por el tiempo en búsqueda de ti. Yo seré quien te cuidará en tu vejez. Me enamoré de ti desde niño y nunca pude abandonarte. Eres mi madre, la mujer más bella del mundo." Al presentarle ese discurso, ella se quedó mistificada… Y muda. No le salían palabras, de las que yo presentía tenía muchas que decir. "No te alarmes", le dije. "Sólo vengo por un momento. Te vengo a pedir que comas bien y que cuides de tu salud. De donde yo vengo, ya tienes más de ochenta años y te has estado sintiendo un poco enferma últimamente. Y yo no quiero que te vayas al otro mundo todavía. Por eso vengo a pedirte esto: Cuídate, para que en tu vejez, no sufras y vivas muchísimos años, de perdido hasta los cien, ¡o más!"

Ella, se quedó muy pensativa con mis palabras. Percibía yo que procesaba lo fantástico de este encuentro conmigo, mas razonaba que mi proposición no era algo malo. "¡Joel!" Por fin me respondió. "¡Gracias! Voy a tomar tus palabras en serio y comeré mejor. ¡Oyes! ¿Y mis muchachos?" "Todos bien", le respondí, asombrado de lo rápido que se adaptó a mi presentación. "Todos van a tener larga vida y todos te adoramos." Con eso, la abracé y nos despedimos. Sentía muchas ganas de quedarme más tiempo para seguir platicando con ella. Mi padre, parecía sentirse un poco más relajado al ver que yo no venía con malos pensamientos acerca de su mujer y también me abrazaba. Saludé al niño de la bicicleta roja y al igual, él me sonrió, saludándome con mucho afecto. Era mi hermano Beto, catorce años mi mayor. Lo interesante de ese intercambio cariñoso entre él y yo, es que Beto llegó a ser uno de mis primeros protectores cuando yo fui niño. Me tuvo mucha paciencia y me cantaba canciones acompañadas con su guitarra. Cuando otros se comportaban mal conmigo, Beto siempre salía en mi defensa.

Unos días después, me encontré en la cocina con mi madre y mi hermano Beto, quien junto con su esposa, vivían con nosotros en ese entonces. Les platiqué de mi sueño y se quedaron muy asombrados por los detalles que recordé con tanta claridad. "¡Joel!," exclamó mi hermano. "No me lo vas a creer, pero cuando yo fui niño, ¡tuve una bicicleta colorada! ¡Y siempre me la pasaba componiéndola!" "¿Y, tú, mama?", le pregunté a mi madre "No te acuerdas de algún visitante misterioso que se te haya arrimado a decirte estas cosas en tu juventud?" "Pues, no", me contestó. "Hay veces siento que ya se me van las cabras y no recuerdo todo con precisión. Por eso le doy gracias a Dios por cada mañana que despierto, y, ¡sé que me llamo Marta!" "Ay mamá", le contesté. "¿De dónde sacarás tanta cosa?" Y con eso nos reímos los tres en voz alta, yo, confirmando de nuevo en mi consciencia, que mientras no se le fuera el sentido de humor a Martita, todo estaría bien. Antes de alejarme, se me arrimó y me murmuró al oído, ¡"Ay Joel! Tú hasta en los sueños andas buscando los remedios para tu vieja madre. ¿Qué fuera de mí si no estuvieras tú? Pero, en fin, hijo de mi alma, ya descansa tu mente. Recuerda, que, en este mundo, todo por servir se acaba, y, nos guste o no, un día pronto tendré que alejarme de tu lado…"

La Siesta

Era una tarde muy calurosa de junio. Veía yo a mi madre, ya mayor, acostada en el piso alfombrado, con un viento de aire fresco del abanico soplando ruedas a su alrededor. Es cierto, de veras que vi unas configuraciones circulares suaves de aire jugando sobre su cuerpo que descansaba. ¡Era algo mágico! Aunque ya cumplía con ochenta y cuatro años, seguía con la misma rutina, la cual siempre me pareció ser su pasatiempo favorito. Era algo como un rito espiritual de verano. Primero se pone su bata favorita de algodón delgado, la cual es del tipo que debiesen usar solo las viejecitas; bueno, las viejecitas de su calibre. No tiene mangas, medio translúcido por tanto uso, de corte bajo de cuello por la disminución de pecho debido a su edad, pero no muy revelador por el seguro que le ponía, y de largo, siempre por debajo de las rodillas. Cortas no le gustaban. Pero a la vez, las viejecitas de su calibre les importa un cacahuate lo que la gente piense de su vestuario, o del hecho que ella escogiera acostarse en el piso con un abanico bombo soplándole una voluta consoladora de aire refrescante.

Al ver el vientecito bailar con encanto sobre su cuerpo, me daba cuenta de que ellos eran viejos amigos. No el abanico y ella, mas ella en el estado de sentirse mimada por el vientecito de aire que bailaba a su alrededor, atendiendo su sequía imaginaria. Pensé: *Este compañero le ha sido verdaderamente fiel durante toda su larga y difícil vida, nunca haberla abandonado, como si se necesitaran el uno del otro para sobrevivir.* Ella siempre apreciativa del vientecito que la arrulla, y el aire, con un agradecimiento eterno por ser solicitado por ella durante toda su vida. La ha cortejado desde su juventud siguiéndola de su viejo país al nuevo, así como ella y su familia seguían las cosechas en los campos. Este camarada leal siempre le ha ofrecido momentos de paz, especialmente durante sus luchas de vida cuando su único escape era tomar una siesta y descansar al aire fresco. Luego, sería un mejor día.

Este céfiro siempre ha estado a su disposición y como su protector, especialmente cuando ella saca las sábanas más tristes y más acabadas para en qué acostarse y con qué cubrir su cuerpo, llamándole a su toque suave. Estas sábanas también, le han agregado siempre una delicadez a su dormir. Lo que parecen ser garras a punto de desintegrarse con el menor estirar, siempre se han mantenido enteras durante los años, casi como si fuera por hechizo, siendo que se han lavado un millón de veces y se han colgado afuera para secar bajo el sol. Retienen su frescura suave la cual sólo ella sabe utilizar, dándoles la apariencia de ser trapos muy finos. Al igual, ella parece ser una madona durmiente, cuya imagen, cuando acostada de lado, también me recuerda al Buda en su posición de descanso, y funciona como imán para los colibrís del jardín que se arriman lo más que pueden ante la puerta de tela. Allí, volando bajo, parecen darle honor a su diosa, quien, con todo amor y fe, les provee su alimento diario al regar sus plantas florecidas. Siempre la han seguido los colibríes en su jardín. Ella los adora. Al verlos allí en su puerta, recordé que siempre me ha advertido, "cuando ya no esté en este mundo y se te arrime algún colibrí, recuerda que soy yo quien vengo a visitarte".

Tomando su posición en un área amplia en frente de la puerta de entrada, se acuesta allí y entre su sueño y momentos despierta, trata de enfocarse en la actividad del mundo de afuera, incluyendo esperar que el cartero llegue a dejarle sus ganancias de la lotería, las cuales nunca le han tocado. O espera visita de sus hijos. Sus hijos son su orgullo. Siempre llegan llamando a la puerta cuando se encuentra en el sueño más profundo y sanador. El ruido casi siempre la asusta. Bueno, por lo menos así ha jugado ese papel desde que yo recuerdo. "¡¿Quién es?!" grita ella. "Estaba tratando de dormir. Me siento tan cansada. Es que no duermo bien de noche." Ya para ese momento la visita normalmente se empieza a sentir un poco culpable por haberla despertado. Pero siendo sus hijos o alguna amistad cercana, ya la conocen muy bien. Este ejercicio es solo parte de su rito. Normalmente lo que ella quiere decir con todo esto es "Pasen, siéntense, interactúen conmigo porque me siento con las ganas de tu compañía".

Al seguir viéndola, me di cuenta de lo mucho que ha cambiado últimamente. Ha sido tanto tiempo desde que yo le he prestado la atención que merece. Por los últimos cuantos meses, he estado involucrado pesadísimamente en un programa de Maestría en la universidad local y trabajando tiempo completo. Sin yo saberlo, ella se había convertido en otro objeto hogareño que estaba allí solo por estar. Ahora, por primera vez notaba el cansancio en su cara. Y aunque llevaba una mirada de contenta, yo notaba que su cuerpo ya se encontraba frágil. De veras que ya se había convertido en una viejecita *¡Santo Señor!*, pensé. *¿Cómo puede ser? Hace unos días que se veía joven y vibrante. Subía cerros en el campo y metía sus pies y cabeza a remojar en los ríos y en el mar.* Esto lo sé rete bien porque yo he sido su compañero de aventura desde que mi padre murió. Ella se convirtió en mi tesoro y yo la he tratado con todo el amor y respeto que cualquier buen hijo le puede conceder a su madre.

Tan pronto que se empezó a formar una lágrima en mis ojos, despertó. "¡Mijo!" exclamó. "¿Cuándo llegaste? ¡No te sentí! ¿Quieres comer algo? Hice una calabacita para ti. Sé que eres medio exigente con la comida." "¡Ay mamá!" le respondí. "No tengo hambre. Luego como. ¿Pero dime, por qué es que duermes en el piso siendo que tienes una recámara tan bella con cama tan cómoda? ¿Por qué te cubres con esos trapos cuando tienes colchas y sábanas muy buenas? Trabajo duro para poder darte algunas cosas buenas en la vida. Cosas que antes no teníamos para comprar. Eres una mujer tan hermosa. Pero a la vez, escoges una presentación de pobreza." "¡Ay, mijo!" me contestó. "Para mí, estos trapos se sienten ser más finos que cualquier otro. Con ellos duermo mejor. Son el recuerdo de lo que he vivido y quien soy. Yo nunca he sido pretenciosa. Pero sí agradezco lo que me das. De veras que tú eres la culminación de mis sueños. De ti, estoy más orgullosa porque me has atendido muy bien. Nunca te separaste de mí, aunque en veces, yo deseaba que te casaras para yo poder seguir a mis seres queridos al otro mundo." "¿Al otro mundo?" le pregunté. "El mundo de los muertos, mijo", me contestó. "Me llaman en los sueños de vez en cuando. Últimamente he tenido el mismo sueño por varias noches. Viene mi hermana Nieves a buscarme. Me dice que ya debo irme con ella, ahora que todavía estoy bajo mi propio control. ¡Me dice que no estaría bien que tú, siendo hombre, te conviertas en mi cuidador cuando ya sea yo una viejita meona! *¡Ay no!*, pensé. Sus palabras me causaban una sonrisa. Desde hace muchos años atrás había yo aceptado que mi hermosa madre era de rancho y su vocabulario reflejaba su crianza. Ya no había necesidad De corregirla y decirle que la palabra correcta en este caso era incontinencia para eso de perder el control del orín. Entre la gente del campo, la palabra común y corriente para orinar es "mear", y hacerlo a cada rato, para ella, era ser una meona.

"Muchas veces la sigo en mis sueños porque me da mucho gusto verla de nuevo. Empezamos nuestra partida, pero siempre me detengo a medio camino. 'No puedo irme', le digo. '¿Por qué no?' me pregunta. 'Porque Joel sigue solo, sin esposa ni familia propia, y me tengo que quedar para atenderlo'." "¡Ay, mamá!" le respondí. "Tú y tus sueños." "Sí, mijo. Mis sueños. Siempre los he tenido. Desde que era una niña soñaba de lugares lejanos, de un esposo y muchos hijos. Soñaba viajar a lugares distantes y conocer nuevos misterios en la vida. Y en mi corazón, llevo los recuerdos de tantos lugares a donde tú me has llevado a conocer. Ve a tu alrededor, cuánto retrato en las paredes: mi familia. Y al crecer y empezar a alejarse todos, soñé que uno de ustedes sobresaliera entre los otros, que fuese exitoso mas nunca olvidara sus raíces. ¿Quién hubiera pensado que ese ibas hacer tú? Y a la vez, siempre lo he sabido. Porque tú siempre has sido otra constante en mis sueños." *Sus sueños*, pensé yo… *Los sueños de mi madre.*

El Masaje

"¡Mamá, ya llegué!" Al decir esto y mientras le tocaba el hombro, volteé muy a tiempo para ver a mi hermano Mario extender su brazo para darle un masaje rápido de espalda. Esta es su parte favorita. Le encanta que la toquen para darle masajitos, especialmente en su espalda. "¡Ay mijo! ¡Me asustaste! ¡No te oí entrar!" Mario y yo nos vimos con aseguro de lo que ella decía. Sabíamos muy bien que su media sordera era causa para mucha frustración en su vida. Él y yo habíamos creado un método de extender nuestro brazo y tocarla al hablarle para ganar su atención enfocada. De esta manera, podíamos eliminar la necesidad de gritar nuestra conversación con ella. Funcionaba muy bien. Ella se sentía ser parte de nuestra existencia.

"Ándale, sóbame la espalda. He andado tan adolorida todo el día. ¡Ni se imaginan cuánto me duele!" Al darle un breve masaje Mario, respondió "Eso, mijo. Tú sí sabes cómo hacerlo bien. Tu hermano no lo hace tan bien como tú. Es más, él ya ni parece preocuparse de esta pobre viejita. Desde que empezó sus estudios de nuevo, sólo viene y va. Sólo Dios sabe qué andará haciendo." De nuevo, Mario y yo sólo compartimos miradas. La conocíamos tan bien. Esta era su manera de motivarme a seguir yo con el masaje al cansarse él. No pude evitar una sonrisa al entrarle a mi turno de 30 segundos. "¡Ya!" Le dije. "¡Quedaste como nueva!" "N'ombre!" me respondió. "¡No sirves pa' nada! ¡Quítate! Deja irme a la cocina a ver que les hago de comer. Porque si no, ¡se mueren de hambre!"

De nuevo, mis ojos quedaron fijos en sus acciones. *Es una profesional*, pensé. *Sabe manipular tan bien y con tanto estilo.* Me quedé maravillado al pensar que a través de los golpes de la vida, ella hubiera sobrevivido con tal inteligencia e ingenio. *¡Dios! ¡Cómo la amo!* Algo de su manera dura de amar de forma moderada, a sus once hijos y docenas de nietos, nos hace siempre regresar para que nos regale más de su actitud. Cada uno de nosotros parecemos necesitarla emocionalmente. Quizás sea la necesidad de sentirnos cerca o ser parte de su grandeza, su seguridad, o simplemente su conexión con las verdades de la vida y de Dios.

¡Tanto Niño!

En una ocasión se encontraba Martita quejándose de la juventud y su falta de respeto acerca de los valores familiares. Específicamente, se quejaba de las chicas que se embarazaban desde muy jóvenes y sin casarse. "¡Criatura de Dios!" exclamaba ante una de sus nietas adolescentes. "¡¿Por qué no mejor te metiste a estudiar para que te adelantes en la vida con un mejor futuro?! ¡¿Por qué es que les gusta andar de sinvergüenzas?!" La joven sólo le sonreía a su abuela y trataba de explicarle que sí se querían ella y su novio y que muy pronto se casaban. "¡Anda!" le dijo Martita. "¡Hiciste las cosas al revés! Primero te hubieras casado y luego embarazarte. Porque ahora si él decide no cumplirte, ¡ay te deja con el liacho! ¡Yo siempre les he dicho que tengan cuidado de los hombres, mija! ¡Porque primero te amargaritan y luego te amargarán!" Mi sobrina se quedó entre asombrada y confundida con las palabras de su abuela. Su español era limitado y no entendía lo profundo del mensaje que su abuela le compartía. "¡Tanto niño!" siguió Martita "que traen a este mundo, ¡solo para sufrir! Madres muy jóvenes, sin saber cómo lidiarlos. Y los padres allá de cabrones en la calle, borrachos o drogados, embarazando a otras. ¡Qué tristeza! Madrecita", le insistía a su nieta. "Que no hayas levantado cabeza. Pero, en fin, ¡ya ni modo!" Al decir eso, su abuela la abrazaba, confirmándole que aún no dejaba de quererla, mas le hubiera gustado que la niña hubiera respetado su cuerpo y no embarazarse hasta que haya madurado y estudiado un poco más.

Más tarde, ya cuando nos encontramos solos, le pregunté acerca de sus palabras hacia su nieta y cómo pudieran ser vistas como una hipocresía por su parte. "¡¿Hipócrita yo?!" me preguntó. "Sí", le contesté. "¿Qué no te juntaste tú con mi papá a los trece años, saliste embarazada antes de los quince?" "¡Ay, Joel!" me contestó. "Esos eran otros tiempos. Mas por eso les doy el consejo. ¡Para que no sufran lo que yo sufrí!" "Y, además, ¿qué no fuiste tú quien se enteró de algo muy privado entre mi hermana y yo cuando andabas metiendo la cuchara donde no te pertenecía el caldo?" "Tú ya conoces mis razones por haberlo hecho, así es que mejor te callas". *Es cierto*, pensé, *ya sabía su razón por haberse casado tan joven.* "¿Pero por qué tanto hijo?" le pregunté. "¿Por qué no tuviste solo la media docena en vez de la docena completa? Tú también te pudieras haber limitado de tener tanto niño. ¡Ay Joel!" me respondió. "Qué preguntas tan inútiles me haces. En aquel entonces, uno no escogía el número de niños que uno tenía, como lo hacen hoy. Eso se lo dejábamos a Dios. Y, además, si solo hubiera tenido seis como me lo sugestionas, ¿dónde estuvieras tú, que fuiste el último? Tú,

¿quien jura amarme más que todos? Entonces, ¿qué hubiera sido de mí, si nunca hubieras llegado tú?" "Ah, ¡jodido!", respondí. "No lo había pensado de esa manera." "Pues no", me dijo. "Hay veces hablas con impulsividad. Siempre piensa en lo que vas a decir y en el por qué lo quieres decir, antes de que ofendas al prójimo". *¡Perdóname, Señor!,* pensé. *Yo no juzgo a mi madre. Solo quisiera que templara sus palabras ante la gente. Para que no se ofendan y se cierren ante ella.* Yo deseaba que la llegaran a conocer como yo. *Es un espíritu tan bueno… Aunque brutalmente honesto. Nunca es su intento ofender, sino sólo dar un buen consejo, aprendido por sus propias experiencias sufridas, y evitarle el mismo sufrir a otros.*

El Nuevo Sistema de Clima

Los días de verano estaban demasiado calientes, y parecían estarlo más dentro de la casa que afuera. "¡Es un horno!", exclamaba Martita con mucha frustración. "¡A ver si no nos morimos de este calor infernal!" Ella tenía un climatizador evaporativo en la ventana de su recámara, el cual nosotros, por ser pochos, le llamábamos "Kúler," nuestra traducción por su nombre en inglés, Cooler. Mas a ella no le gustaba porque cuando se prendía, aventaba un aironazo que retumbaba por todo su cuarto. "¡Ay no!", exclamada cada vez que lo experimentaba. "¡Ese aparato está peor que un huracán! ¡Voy a quedar más sorda de lo que ya estoy con esa diablería!" Entonces, a menos de que estuviera a más de cien grados la temperatura, siempre prefería aguantar el calor con un abanico portable que poner el Kúler.

Pues en esos días, mandé a instalar un clima central, el cual fue un poco costoso. Hice el sacrificio de sacarlo a crédito con tal de que mi madre se encontrara más cómoda. Llegó el día cuando vinieron a instalarlo en casa, y Martita, viendo el tamaño del aparato y el trabajo que les costó reconstruir los ductos para que llegara el aire frío a todos los cuartos y ponerlo sobre el techo de la casa, se alarmó. "¡Santo Señor! Joel, ¡¿cuánto te ha de haber costado todo esto?!" "Ay mamá," le contesté. "No importa. Con tal de que estés cómoda y ya no sientas tanto calor, vale la pena." "¡Ah no!", me dijo, "por mí no andes haciendo estos gastos. Al cabo ya estoy impuesta al calor. Ya soy una viejita y hasta la fecha, no me he muerto." "Pues no", le respondí, "gracias a Dios que aquí estás todavía. Pero tú eres mi madre y tengo que cuidar tu salud. Así es que no te preocupes por el costo." "¡Ay Joel!", dijo. "Siempre preocupándote por mí. ¿Qué sería de mí si no estuvieras a mi lado?" Esa ya no era una pregunta, más bien una declaración. De tal manera, confirmaba su agradecimiento por la atención que yo le daba, aunque seguía con la gran preocupación por el gasto que yo me había echado al comprar el sistema de clima para el hogar.

Más tarde, estábamos los dos sentados en la cocina comiendo un mole muy sabroso que ella había preparado con unas ricas tortillas de harina que también había hecho a mano. Ese era uno de sus orgullos, saber que, a través de sus ochenta y más años, todavía hacía sus quehaceres en el hogar incluyendo cocinar, lavar y colgar la ropa en un lazo en el patio. A Martita no le gustaba usar la secadora de gas por ahorrarme ese gasto. También era su diario barrer y trapear por toda la casa. A mí me daba mucha pena que todavía hiciera esos trabajos, ya que yo hubiera preferido que descansara. "¿Descansar de qué?", me preguntaba. "No es tanto lo que hago. Antes, sí, eran un montón de huercos y un trabajo sin fin, pero ahora quedamos solo tú y yo. Ya cuando te cases, pones a tu mujer a que te haga el quehacer del hogar." "Ay sí, ¡cómo no!" le respondí. "Estoy bien de soltero, gracias. Yo no necesito casarme para que me hagan los quehaceres. Todo lo puedo hacer yo, así como me enseñaste. Y por ahora, yo puedo hacer la limpieza en los fines de semana para que tú descanses." "¡Ah no!," insistió. "¡Solo que quieras matarme! Una persona sin un quehacer, se muere de aburrimiento y tristeza. Todos necesitamos ocuparnos con algún trabajo, y si me quitas los míos, ¡me muero! Y, además, no vaya a ser que la gente, al verme sentada, haciendo nada, ¡piense que soy una huevona!" "Ándale pues", le dije. "Está bien. Haz lo que tú quieras hacer. Pero, si no lo hicieras, ¡ni así eres ninguna floja! Has trabajado mucho en tu vida. Por eso quiero que descanses."

"Pero, lo bueno", le dije con mucho orgullo, "es que ahora no vas a sentir el calor como antes. ¡Mira, ya prendí el clima nuevo, y al rato… Vas a estar titiritando de frío!" "¡Anda!", me contestó. "¡Y al rato vas a ser tú quien va a estar titiritando de miedo cuando te caiga el cobro por ese gasto tan enorme!" ¡Mi respuesta espontánea fue la de reírme en voz alta… "¡Ja! ja! ¡ja! Bueno", le pregunté, "¿de dónde sacas tú tanta cosa? ¡Dizque voy a estar titiritando de miedo por el gasto! ¡Ja! ¡ja! ja!". Pensé yo: *Esa es su manera de aceptar lo que ya se hizo.* Así, ella de nuevo confirmaba que no estaba totalmente de acuerdo con ese gasto, pero accedía a mi decisión. *¡Esta*

Martita!, seguí pensando... *¡Es un encanto! Nunca se le acabó su cinismo ni su sentido de humor. Fuerte cerebro... Buena señal de su salud mental.*

La Visita del Maligno

Martita siempre fue muy carismática y se esmeraba por atender las necesidades del prójimo. Ya sea como fiel amiga, consejera o curandera, ella nunca se negó a ayudar a quien lo necesitara y se lo pidiera. Lo vi con mis propios ojos durante mi caminata con ella, y lo escuché de gente quien la conoció durante su larga vida, ya sea en su juventud o en su vejez. Pero también aprendí entre sus enseñanzas, que todo viene con un precio. "Existe mucha maldad", me decía, "que busca deshacer los hechos buenos que hayamos edificado. Siempre hay gente celosa y envidiosa que solo vive para hacer travesuras. Cuídate mucho", me advertía en ocasión. "Tú tienes un buen corazón y quieres creer que toda persona es buena. Pero no es así. En la vida, siempre nos encontraremos con alguien quien no nos ve con ojos de caridad, sino con coraje. Y solo porque aclamamos a Dios y buscamos en Él la santificación, ya sea para nosotros mismos, o para el prójimo. Antes de intentar curar a alguien, hay que encomendarnos en Dios, y pedir que sea Él quien haga el milagro que pidamos. Pero también recuerda que el diablo es muy astuto y que a cualquier momento va a buscar manera de alejarte de Dios o de robarte el poder que llevas. Y en muchos casos, lo hace con engaño, a punto de que uno ni cuenta se da cuando entra al hogar".

Pues toca que en una ocasión, cuando Martita ya estaba avanzada en edad y no se sentía con las fuerzas de antes, vino a visitarla esa maldad sobre la cual me había aconsejado en otros tiempos. Estaba ella dormida en su recámara una tarde, y yo en la cocina haciendo algo de comer para cuando se levantara, cuando oí tocar a la puerta. "¿No hay gente?", preguntaban en unión mis dos hermanas. "Sí, aquí estamos, pasen" les contesté. Fue entonces que vi que venían acompañadas de una conocida de ellas. La conocida era una señora que según yo tenía entendido, padecía de problemas mentales y no se encontraba en sus cinco sentidos. Al entrar todas, mis hermanas se dirigieron a la sala a tiempo que la señora se fue rumbo al pasillo. Yo pensando que iba al baño, regresé a la cocina mientras mis hermanas se sentaron para platicar. Mas en ese momento, me entró una duda y un terror muy fuerte en el corazón y oí una voz muy insistente en lo más profundo de mi ser que me murmuraba *Tu mamá, tu mamáá, tu mamááá…* Impulsivamente, me fui a donde ella estaba acostada y me asombré al ver a la señora inclinando su cara casi pegada a la de Martita, quien estaba dormida con la boca abierta, como si quisiera succionarle su aliento y murmurando, "qué linda estás mi viejita, qué linda estáááss," mientras empezaba el intento de acariciarle la cara. "Pero ¿qué hace usted aquí con mi mamá?" le pregunté en voz alta. "¡Déjela! ¿Qué le pasa?", protesté. "Es que yo la quiero mucho", me contestó. "Tú no entiendes el amor que yo siento por ella." Yo, con más enojo todavía, proclamé "Pero no está bien que usted se haya venido hasta su recámara sin primero pedir permiso." "¡Por favor, ya váyase!" La señora muy disgustada, me vio directamente a los ojos, y, yo aseguro, vi los meros ojos de algún demonio que me retaban. "Es que tú la quieres mucho", me murmuró con una voz gruesa. "La quieres demasiado y no dejas que nadie se le acerque." "¡Pues no!", le contesté. "Ese es mi trabajo aquí en el mundo, ¡protegerla!" En eso, ella se fue rumbo a la sala donde estaban mis hermanas y ellas, se encontraban un poco alarmadas por lo que alcanzaron a oír. Yo, en ese mismo instante, entré a mi propia recámara, agarré un amarro de salvia y empecé a quemarlo por el cuarto de mi madre, llamando a los poderes del universo a que me ayudaran con esta limpieza de ambiente. Lo hacía con gran apuro para que no se enraizara ninguna mala vibra en nuestro hogar, ni en mi mamá. Pedía con alma y corazón que se alejaran todos los malos espíritus que habían entrado en esa ocasión. Al correr el humo ante mi madre, ella despertó de su profundo sueño entre asustada y dormida preguntándome, "¿Qué pasa, Joel? ¿Qué haces?" "Estoy quemando salvia", le dije, "para que no se arrime el chamuco". "Ah, qué bien", me contestó. "No me lo vas a creer, pero ya empezaba a meterme en una pesadilla muy fea".

Cuando llegué a la sala con el humo en mano donde estaba la visita, brincaron las tres mujeres y salieron casi corriendo hacia afuera. Pero la más atrevida fue la señora que daba pasos lentos. Al pisar afuera de la casa y muy atrás de mis hermanas, me murmuró en la misma voz gruesa de antes, "No seas tan desconfiado. Deja que otros la quieran también. Eres muy egoísta. No tienes que cuidarla tanto." Pensé que estaba poseída por alguna figura masculina. "Ándele, sí," le respondí, "¡pero ya váyase señor!

¡Y que Dios lo bendiga!" En eso, iba llegando mi sobrina Maribel, hija de una de mis hermanas, y alcanzó a escuchar lo que me decía la señora y mi respuesta a ella. "¡Tío!", me preguntó muy asustada. "¿Qué pasó? ¿Quién es esa persona? Y ¿por qué hablaba con voz de hombre?" "¿Lo oíste, mija?" le pregunté. "¿No fue mi imaginación?" "¡Ay no, tío!" me confirmó. "Habló un hombre en ella. ¿Y por qué salieron corriendo mi mamá y mi tía también?" me insistió. "Anda, madrecita", le contesté, "pásate para que me acompañes en oración. Esto que acaba de pasar es algo tan fantástico, que si lo platico, no me lo van a creer."

Maribel se pasó rápido dirigiéndose a la recámara de su abuela para ver si estaba bien. Después me platicó que la había encontrado un poco confusa por la rapidez de la visita pero que pronto se acopló. Yo, antes de que se fueran mis hermanas, me les acerqué para explicarles que no fue mi intento correrlas a ellas, solo a las malas vibraciones que entraron a la casa. "Pero sería bueno" les aconsejé, "que se vayan a dar una barrida porque por el momento, andan mal acompañadas". "No", dijeron, "es que somos alérgicas a esas quemazones". "Miren", les confirmé, "yo a ustedes las amo con toda mi alma. Pero tomen mi consejo en serio. Váyanse a dar una buena barrida, ¡y cuiden de con quién se juntan!"

"El diablo es muy astuto", me había aconsejado mi madre de antemano. "Y a cualquier momento va a buscar manera de alejarnos de Dios o de robarnos el poder que llevamos. Y en muchos casos, entra al mismo hogar con engaño."

Capítulo 4

Los Paseos

Morro Bay

Amaneció Martita muy animada esa mañana. "Tengo ganas de ver el mar una vez más", anunció. "Llévame a la playa." "Claro que sí", le respondí, "Arréglate." Con el ánimo de siempre y como una chiquilla alborotada porque la llevan a pasear, casi corriendo se fue a su recámara para empezar el rito de buscar ropa apropiada para la aventura del día. "¿Qué me pondré?", me preguntó. "¿Hará frío?" Al hacer esa pregunta, se abrazaba ella misma como si ya sintiera el escalofrío del día fresco ante el mar de Morro Bay. "Tienes mucha ropa de dónde escoger" le respondí. "Y, sí, quizás esté un poco frío, prepárate bien." "¡Ay Dios!" me contestó, y muy animada se fue a bañar y a ponerse un traje de pantalón beige, una blusa muy colorida, y unas sandalias que le hacían juego a su vestuario. Esto era su tradición, vestirse de colores y estilos muy llamativos. Era como una gran Diva en preparación para el momento de presentarse ante su público. Al verla preparándose, recordé las palabras de un amigo que me dijo años antes, "Martita es como una bella mariposa que cuando sale, parece andar de flor en flor, perdida en su mundo de maravillas." "Va a estar frío mamá," le dije. "Y con esas sandalias lo vas a sentir más." "¡Ah!" me respondió, "aquí también llevo unos zapatos cerrados y un par de calcetines para cuando estemos allí. Si siento frío, me los pongo. Mientras hace calor, yo prefiero ir con los pies frescos." "¡Perfecto!" le contesté.

Esa mañana, agarramos camino a Morro Bay, una playa fría la cual era un encanto ya que salíamos del condado Kern, donde durante los veranos la temperatura a veces alcanza los 110º F o más. Todo el camino me contaba Martita anécdotas de su vida acerca su juventud en su pueblo natal. Me platicaba de lo mucho que sufrieron ella y sus hermanos porque habían quedado huérfanos de mamá cuando ella tenía solo once o doce años y de cómo sus tíos maternos se los habían repartido como si fueran un producto disponible. Muy pronto se convirtieron en sirvientes en las casas a donde fueron a dar, y aunque estaban con parientes y sí eran amados, ella y sus hermanos, soñaban con su propia familia de nuevo; con su mamá y papá, algo que fue imposible. Su papá Salvador era un hombre ranchero y se la pasaba en su labor todos los días. Él no se sentía capacitado para prestarles la atención necesaria a sus hijos y aceptó que se fueran a vivir con sus parientes, hermanas de su esposa Rita.

"Sufrimos mucho, Joel" me dijo. "Sí, nos querían, pero fueron muy duros con nosotros. No nos podían ver sentados por mucho tiempo, siempre apresurándonos a los muchos trabajos del hogar. Y nosotros nos cansábamos, mas no nos sentíamos con el derecho de quejarnos como hijos legítimos, porque no lo éramos. Para nosotros no había viajes familiares ni vacaciones. Fue de puro trabajar. Por eso fue por lo que muy pronto, ¡pelé gallo!" Con esa frase me daba entender que había huido del hogar. "¡Ay mamá!" le dije. "Qué lástima que tu juventud haya sido tan pesada. Que no tuviste oportunidad de ser niña para jugar y hacer travesuras." "¡Anda!" me contestó, "para hacer travesuras sí fui muy buena! A mí el que me hacía algún daño, ¡me la pagaba! ¡y muy pronto!" "¡Ah!" Le contesté, "entonces ciertas cosas no han cambiado, siendo que ahora de ancianita, ¡todavía sigues de malcriada!" Y ella, sonriendo por lo que dije, sabía que yo sí entendía que en ocasión experimentaba malos momentos y actuaba con un enojo impulsivo. "Mi carácter fue mi única defensa" me dijo. "Nos trataban mal y hay veces hubo quien se burlara de nosotros por ser huérfanos, pero créemelo, tan pronto que me ofendían, yo me la cobraba. Si era niña, le daba un jalón de pelo. Si era niño, ¡le rayaba la madre!" "¡Santo Señor!" le contesté. "Y yo pensando que siempre fuiste una Santa!" agregándole un contraste a mi previo asesoramiento de su carácter. "¡Santa no!" me dijo. "¡Pero tampoco fui una diabla completa! Yo solo pedía igualdad y justicia. Y siempre sentí que Dios estaba conmigo." "¡Ja! ¡ja! ¡ja!" le contesté. "Qué bonito justificas el haberte comportado mal. ¡Dizque Dios te acompañaba en tus diablurías!" "No te burles, Joel," me dijo. "Dios lee los corazones primero. Él sabe porqué nuestro comportamiento es como es. Él sabía que, si no me defendía a mí manera, me iban a matar la alegría. Dios no es hipócrita, queriendo solo a quien se porta bien. Él también ampara al sufrido hasta cuando lucha por defenderse o lucha por defender al prójimo. Y, además, con el tiempo, uno va templando su carácter por el bien, si es que hemos entendido su mensaje de amor a lo largo de la vida. Y por final, con eso de llamarme anciana, ahorita me ves como una viejita, pero siempre recuerda que donde tú estás, un día yo estuve, ¡y donde yo estoy, un día estarás!" En ese instante me sentí como un hombre miniatura. Pronto me puso en mi lugar por haber insinuado que ya estaba vieja. Pensé que no había captado mi expresión, pero a Martita no se le escapaba ni una. ¡Y pronto se las cobraba!

Bueno, en fin, empezamos a cruzar una sierra, y poco antes de llegar a la costa, me detuve ante un mirador donde se podía apreciar la vista del mar a lo lejos. Y aunque estábamos a la distancia de algunas millas, también se podía estimar la gran roca Morro, y la playa que le rodea, la cual era nuestro destino.

"¡Ay Joel!," exclamó. "Qué fresco está el clima aquí, y ¡qué vista tan encantadora!" "Sí," le contesté. "Me alegra que te guste. Mira, aquí traigo un termo de café con dos tazas para sentarnos un momento a contemplar el paisaje." "¡Café!" respondió ella con mucho gusto. "Tú siempre al tanto de tu pobre madre. Estos detalles, sólo tú." Yo quedé satisfecho en complacerle el gusto de su vicio favorito. Desde que yo recuerdo, Martita había sido muy cafetera. Lo tomaba en la mañana, al mediodía y al atardecer. Hubo tiempos cuando yo le advertía que quizás fuera malo tomar tanto café. Y su respuesta siempre era la misma, "¡Anda!, lo he tomado desde que tenía cinco años. Éramos pobres y fue lo único que la gente mayor tenía para beber. Nos daban una taza de café con una tortilla de maíz recién hecha. A veces con sal y en otras, con azúcar. Eso era nuestra comida." "¡Ay no!" Le respondí. "¡Qué triste!" "¡Pues no!" me dijo. "¡Yo con una taza de café, soy la mujer más feliz del mundo!" Y al decir eso, levantaba la mano con su taza de café hacia al cielo como en celebración de la vida y con la sonrisa más preciosa en su cara. Luego, la regresaba a su boca y con mucho deleite, le daba su trago.

Al mismo tiempo, empezaba yo a escuchar un murmuro de voces muy lentas que venían escondidas entre los vientecitos de aire que nos daba y que me recordaban de mi niñez. Eran como un susurro profundo que me llegaba hasta el alma diciendo "cuídala, cuídalaa, cuídalaaa..." Mas yo sentía que a la vez nos acompañaba una energía alegre y muy positiva, ya que parecía que hasta el mismo aire que nos rodeaba bailaba con mucha gracia alrededor de Martita y en particular, con su mucho pelo blanco quebrantado. Era como si su pelo se abrazara con cada soplo de aire, y se levantaba y caía con el viento que le traspasaba, intentando seguir su ritmo. Y la luz del sol brillaba contra su faz, iluminando la belleza de su piel blanca y lisa. Parecía ser que el mismo cosmos apuntaba por ese momento su vista hacia aquel grano de arena que se encontraba sentada sobre una roca, con café en mano, contemplando y respirando la belleza natural que se le ofrecía a la humanidad. Ese granito de arena que sí sabía agradecer y tomaba el tiempo para orar en gratitud por lo que se le prestaba. Y yo, sentado a su lado, quedé maravillado por ese intercambio de energía espiritual entre Martita y el universo.

Por fin, llegamos a la famosa Bahía de Morro, y Martita, ¡fascinada! Cada vez que la traía a este lugar, era lo mismo. Actuaba como si fuera su primera vez en verla y casi gritaba de gusto. "¡Joel!" me decía. "¡Ya llegamos! ¡Pronto, parquéate para bajarme y correr hacia el mar!" "Más bien caminar con cuidado," le ofrecía yo. "No te vayas a caer ¿y luego? ¡Nos lleva la fregada!" "Anda, ¡tú!" me contestó. "Siempre con un miedo por mí. No me hago nada. ¡Te aseguro que me he caído mil veces desde antes de que tú existieras en el mundo, y mírame! ¡Aquí ando todavía!" Cedí mi posición y la dejé bajarse del auto con prisa. Ya tenía más de ochenta años, pero Martita parecía chiquilla quinceañera al caminar rápido hacia el mar. Yo siempre tres o cuatro pasos a la distancia, vigilándola como zopilote, atendiendo a su seguridad. La toalla grande que llevaba, la posicionaba en la arena para que allí se relajara entre los descansos de andar caminando por la playa. Aunque Martita no siempre metía todo el cuerpo, casi siempre era su rito mojarse los pies y la cabeza con el agua del mar mientras le murmuraba unas palabras de agradecimiento a Dios y pidiendo que se le alejaran todos los malestares de su cuerpo. "¡Ven!" me dijo en una ocasión. "¡Para echarte agua a ti también! Para sacarte los chamuquillos que has te traer colgando sobre ti." "No, gracias," le respondí desde donde me encontraba sentado en la arena. "Estoy bien." "El trabajo tuyo es divertirte y el mío es cuidarte." "¡Ay, Joel, siempre mi protector!" Y de nuevo, mi corazón feliz al ver a la viejecita bailando en el agua del mar y caminando por la arena de la playa como si fuera una chamaca.

El Bosque Sequoia

En una ocasión, decidí llevar a mi madre al Bosque Nacional de Sequoia en California. Fue un camino un poco largo, no tanto por la distancia, sino porque era un camino inclinado hacia la sierra y con mucha curva. "¡Ay Dios!," exclamó Martita, "¡¿Pues a dónde me llevas Joel?!" "Es una sorpresa", le contesté. "Vamos a un bosque muy grande y misterioso que te va a encantar." "Pues ya se me ha hecho muy largo este camino", me respondió. "Y además yo no veo ningún bosque, solo sierra. Y lo peor es que me llevas todavía a lo más alto. ¡No sea que ya te hayas hartado de mí y me traes a abandonar con los osos!" "¡Mamá!" le contesté con indignación. "Ese humor tuyo… ¡qué feo!" "¡Vaya!" me dijo. "Yo sólo estoy pensando en voz alta. Y para qué te molestas. Si no es cierto, ¿por qué te incomodas?" "Es que no debes pensar así", le respondí. "Cómo es posible que pienses que ya me cansé de ti y que te voy a abandonar en la sierra, ¡y con los osos!" "¡Ja!, ¡ja!, ¡ja!" respondió. "Solo bromeo contigo. Y tú tan serio." "Es que no está bien que digas esas cosas", le dije. No vaya a ser que alguien te escuche y piense que sea cierto." "Anda" me contestó, "no va nadie con nosotros. Solo los fantasmas que se hayan subido cuando salimos, ¡ja, ¡ja! ¡ja!" "Bueno," le respondí, "no sea que lo vayas a repetir en público y alguien piense que sea cierto."

Llegamos al reconocido bosque Sequoia, y al bajarnos del auto, Martita se quedó, ¡deslumbrada! No dejaba de voltear hacia todos los lados y hacia arriba contemplando la majestad de esos enormes árboles mientras caminábamos hacia adelante. Quizás son los árboles más antiguos del mundo y tan altos y gigantescos que no se alcanzaba a ver el punto más alto de algunos. Solo se veía lo café de los muchos troncos y lo verde de las ramas. ¡Allí no se veía cielo! En algunos, se requieren varias personas para poder abrazarlos. "¡Padre Celestial!" murmuró Martita. "¡Qué cosa tan increíble! ¡Cuánta maravilla de Dios!" Y así, seguimos la vereda designada para los visitantes. Yo encantado al ver la alegría en mi madre mientras ella contemplaba una parte de la naturaleza que nunca se imaginó que existiera, perdida en silencio, meditando, como si se encontrara ante la presencia de Dios mismo.

Llegamos a un lugar en el camino donde estaba el corte de un árbol y se nos informaba según sus anillos, la edad del árbol y lo que había ocurrido históricamente a la vez. "¡Mamá!" le gritaba yo en voz baja para no molestar a los otros visitantes, "mira, dice aquí que cuando este árbol tenía tantos años, ¡Jesús andaba predicando por la Tierra Santa!" "¡Jesucristo!" me contestó, "¿será posible?" "Sí," le confirmé. "Está comprobado con la ciencia." Al decir yo eso, ella lo tomó como confirmación de que la ciencia también aceptaba la existencia de Jesús e instantáneamente, volteó a su alrededor y al ver el árbol gigante más cercano, se le arrimó para abrazarlo. "Pero ¿qué haces?" le pregunté. "Ah" me murmuró, "le estoy pidiendo fuerza y energía para llevármela conmigo y compartirla con todos. ¡Quién quita y me dé más años de vida!" Y así siguió por unos minutos, muy abrazada del arbolote, orando en silencio, platicando con Dios, pidiéndolo fuerza y ánimo.

Pronto empezó a llegar más gente al área donde estábamos los dos, y, arrimándose, me preguntaban que quién era la señora mayor y qué hacía. "Ah," les contesté. "Es mi madre, está hablando con Dios." "¿Con Dios?," me preguntaron. "Sí, con Él" les contesté. "Ella es una mujer de mucha fe y por el momento se encuentra en un lugar de alivio espiritual." Al decir eso, empezó a arrimársele la gente a Martita pidiéndole que si la podían acompañar. "Que si te pueden acompañar, mamá" le aclaraba yo. "Oh, yes, arrímense, ¡yú com jeer!" "Ustedes vengan aquí", les decía en su inglés mocho. Y la gente, encantada con la viejita que abrazaba los árboles y hablaba con Dios, se le apegaban todavía más, pidiéndole energía positiva. En unos momentos ya era un montón de gente abrazando a mi madre y al árbol en donde estaba, y ella con los ojos cerrados, orando por el gentío. Yo, contemplando la misma multitud que la rodeaba, empecé a preocuparme por ella. *No vayan a empezar a pedirle que los cure de algún mal que sientan o que les quiera dar una barrida,* pensé yo. *Y lo más probable es que me mande a buscar alguna hierba del monte para hacerlo. Más vale llevármela antes de que se ponga grave la cosa.* "Ya vámonos mamá", le rogué. "Ya tuviste tu momento con Dios." "Anda," me contestó, "quisiera decirte que me dejes aquí. Me siento tan en paz." "¡Ah!," le contesté, "te venías quejando que a lo mejor te venía a abandonar en la sierra con los osos y ahora eres tú la que se quiere quedar. ¡Ah, no! Vámonos." Y luchando contra su voluntad, se soltó del árbol y me siguió. "Where are you taking her?" me preguntaban. "¿A dónde la llevas?' "A caminar" les contesté. "Ella quiere caminar por las veredas y contemplar la naturaleza de este lugar." Mas cuando menos lo supe, ya venía un grupo detrás de nosotros, siguiendo a Martita. Me entraron los nervios y busqué la salida más rápida para irnos. Ya no me estaba gustando esto de que siguieran a Martita en masa. Pensaba yo que quizás creían que era una Sabia y buscaban pedirle consejo espiritual. No que no lo fuera, para mí era la mejor, pero yo temía que luego la acusaran de algún mal hecho, ya sea por algún mal entendimiento siendo que la mayoría eran gringos y no gente del barrio, a los cuales uno acostumbraba.

"¡Ay, Joel!" me decía en camino hacia casa. "¡Cual sorpresa tan grande me diste! No me imaginaba yo que existiera cosa tan preciosa. Verdaderamente que eres un hijo especial al preocuparte por traer a tu vieja madre a estas distancias a conocer algo más de Dios." "Qué bien" le contesté. "Me alegro de que te haya gustado este lugar." "Sí" me respondió, "nunca lo olvidaré… Aunque no me dejaste orar bien por la gente. Yo creo te entró el chamuco y te dio miedo." "Sí" le contesté. "Pero hiciste más que suficiente. Oraste con ellos y todos te abrazaban en acompañamiento." "Sí, Joel, pero había unos que cargaban alguna energía negativa y necesitaban de un barrida." "¡Santo Señor!" respondí. "Qué bueno que te saqué a tiempo. No vaya a ser que luego te acusen te bruja." "¡Anda!, tú y tus tonterías! El problema contigo es que le tienes miedo a las cosas de Dios. ¡Y esas cosas, solo merecen respeto y honor! Y, además, tú me conoces mejor que nadie. Yo solo trabajo con la luz, ¡nada con la obscuridad del diablo!" "Sí" le repetí. "Es cierto. En ti sí confío. En la gente desconocida, no." "Pues, sigue hablando con Dios", me aconsejó. "Te falta mucho más que aprender. Él te escogió desde antes que yo te conociera en mi vientre… Habla con Él." "¿Me escogió para qué?," le pregunté. "Para que hagas su trabajo" me dijo. "Que ames al prójimo como Él te ama a ti. Y que les des la mano cuando necesiten de ti y lo hagas sin miedo. Así como esta gente que acabamos de ver. Necesitaban más de mí y no me dejaste atenderlos." "Está bien," le contesté. "Seguiré hablando con Él."

Los Casinos

Ya en sus años mayores, le entró a Martita el gusto de ir a los casinos, y, especialmente, a Las Vegas. ¡Le encantaba! Toca, que, al llevarla la primera vez, se divirtió mucho, llenándose de emoción al oír el ruido de las máquinas tragamonedas. Luego se convirtió en tradición llevarla de perdido una vez por año. Aunque yo no era muy apegado a esos viajes ya que lo veía como una pérdida de dinero, hacía el sacrificio por ella, quien merecía recibir todos sus antojos.

En una ocasión, mi esposa y yo llevamos a Martita a un Casino cercano en la ciudad de Hanford. La había notado media triste y quizás aburrida antes de ofrecer llevarla. "¡Ay, sí!" Me respondió. "¡Hace mucho que no me llevas a pasear!" Pues nos fuimos temprano y estuvimos allí una gran parte del día. Ella se enfocó en las máquinas de monedas, intentando ganar, pero no fue su día. Al darse por vencida, la llevamos a comer al restaurante del casino y ella como siempre, haciéndole plática a quien la escuchara. Siendo que las meseras hablaban español y se prestaban para darle a los clientes del establecimiento su mejor atención, Martita aprovechaba para platicarles que no había tenido suerte y que se iba a casa pelona, con las bolsas vacías. "¡Siga jugando!" le dijo una empleada. "¡Quizás le cambie la suerte!" "Ay no," contestó Martita, "querrás que me muera de tristeza." Mas al levantarse de su lugar, regresó a las maquinas a perder un poco más de dinero.

En camino a casa, venía Martita con más animo ya que había "distraído los nervios" y platicaba acerca su vida con mi esposa. "Pues sí, María," le dijo. "Joel ha sido un buen hijo. Dios obró conmigo al habérmelo prestado. En su niñez hubo ocasiones cuando me hizo la vida de cuadritos, pero ya me la ha pagado mil veces con su buena bondad. Nunca quiso dejarme sola y siempre me ha cumplido todos mis gustos. Solo que no me ha dejado morir al no casarse. Pero por fin se encontró una buena mujer en ti para que lo atiendas. Es un buen hombre, cuídalo." "Claro que sí", respondió mi esposa. "Lo haré, Martita." Al oír eso, mi mamá respiró profundamente, contenta de que ahora ya no tendría que preocuparse tanto por mí, el rebelde al matrimonio.

Llegué a una estación de gas y me bajé para llenar el tanque y pagar. Al regresar al carro vi que mi esposa se reía a carcajadas. "¿Qué pasa?" le pregunté. "¡Ay!," dijo ella, "es que Martita me platicaba de la mala suerte que le había tocado hoy en el casino, y por un momento se puso muy seria, ¡respiró profundamente y me dijo 'algún día mi gato comerá sandía'! ¡ja! ja! ja!" "¿Y eso qué quiere decir?" le pregunté. "¡Pues que mantiene la esperanza de que algún día, le cambiará la suerte! Pero la hubieras visto a la pobre, estaba con el pico caído al pensar en sus pérdidas, cuando de pronto, ella misma se levantó el ánimo con ese dicho." Yo, no entendiendo muy bien el chiste, aún me reí, al ver que las dos ahora se reían juntas, mi esposa por la manera de que se expresaba mi madre, y Martita por ver que María se reía tanto por lo que había dicho. Su sentido de humor era algo genial. Y entrándome un momento serio le dije a mi madre. "¿Pues sería mejor ya no ir a los casinos, no crees? Parece ser una tiradera de dinero que no tenemos." "¡Anda, Joel!" me dijo. "Tú sigue llevándome todas las veces que puedas Algún día cambiará nuestra suerte. Ya sabes, la esperanza no engorda, pero mantiene."

El Gran Cañón

En otra ocasión durante mi soltería, llevé a Martita a Las Vegas y ganó más de 800 dólares. Claro, nunca me confesó cuánto había perdido, pero me imagino que salió por adelante ya que venía muy contenta de regreso. "Sí", dijo muy animada. "Ya vámonos, antes de que los vuelva a perder." En esa ocasión, mis planes incluían llevarla al Gran Cañón de Arizona para conocerlo juntos por primera vez. El camino de Las Vegas al Gran Cañón fue de varias horas e incluía diversos paisajes. En parte era desértico, y en otro, se veía embosquecido. Martita dormía por ratos y en otros, platicaba de muchos temas; su niñez, su juventud, su matrimonio con mi papá, lo que fue criar a once hijos, sus sufrimientos y sus momentos placenteros. Me confesó que ella se había enamorado de todos sus hijos, y que cada uno llevaba un lugar muy especial en su corazón. "Todos han sido buenos hijos", me dijo. "Todos han luchado por su felicidad y creo que en gran parte lo han logrado. Yo reconozco que he sido una madre dura y los he regañado mucho. Pero ¿sabes por qué? ¡Porque los quiero! Si no los hubiera querido, los hubiera dejado que hicieran lo que quisieran. Pero no. ¡Mi trabajo era encaminarlos por un buen camino, a todos! ¡Incluyéndote a ti!" "Pero tú," me dijo. "Tú siempre has luchado por la felicidad de tu pobre madre más que nadie. Te has preocupado por mí toda tu vida y me has sacado a pasear y a conocer tantos lugares." "Así es," le dije. "Mi lugar es complacerte a ti, mi madre." "Pues sí, Joel," me dijo, "¿pero cuándo te irás a casar? No puedes estar siempre a mi lado. Yo ya soy una viejita. Ya deberías buscar tu propia felicidad como lo han hecho todos para que tú también formes tu propia familia. No vaya a ser que te quedes solo cuando yo me vaya". "¡Ah, no!" le contesté. "Ya vas a empezar con la misma canción. Mira mamá, mi alegría eres tú, y con eso soy el hombre más feliz del mundo. Pero si a ti te interesa tanto la idea de ver matrimonio," continué, "mejor espera a cuando vayamos a Las Vegas de nuevo. Ya allí, nos ponemos en plan de buscarte a ti un viejito rico para que te cases tú, ¡ya que tienes tanto deseo de ver boda!" "¡Ja!, ¡ja!, ¡ja!" me respondió. ¡Tú no quedaste bien del choque!" "¿Cuál choque?", le pregunté. "¡Pues alguno que has de haber tenido y no te acuerdas! ¡Ja, ¡ja, ¡ja! Pero créemelo…" siguió diciendo, "que yo no ando en busca de ningún hombre. Solo conocí uno en mi vida, y ¡quedé harta!" "¡Válgame!" le contesté. "¡Qué exagerada!" "¡Cuál exagerada!" me respondió. "¡Tú bien sabes que tu papá fue un retorcijón de estómago por su tomadera! Pero así lo quise, y sí, lo extraño".

"Bueno," le pregunté, "¿y cómo fue tu vida con él al principio?" "Ay, Joel. Yo quise mucho a Carmen cuando primero nos casamos. Aunque éramos pobres, él era un buen hombre. Me iba con él a la cacería de venados o de liebres en el monte. A veces yo veía a algún conejo y le gritaba, '¡Carmen, allá está uno!' '¡Cállate, Marta!' me respondía, '¡Me los vas a asustar a todos!' Y los dos nos reíamos por mis locuras. Pero con el tiempo se fue perdiendo con la otra y jamás fue igual. No pude competir con ella." "¿Con cuál otra?" le pregunté, muy asombrado. "¿Quién fue ella?" "¡La botella, Joel! ¡La cerveza, el alcohol!", me contestó. Nunca pudo vencer esa adicción y ya sabes cómo fue su fin. Esa desgraciada también lo llevó a las cantinas y ya estando allí, con las cantineras. Sí, ya cuando se agarró con esa, mandó a la jodida lo de nosotros, y ¡adiós luz que te apagaste!" "¡Ay, no! Qué lástima" dije yo "que se haya vuelto tu historia de amor en una desgracia." "Así es", me dijo. "El consumo de alcohol, en resumidas cuentas, ¡es una desgracia total! Por eso odio ver que la gente esté tomando, especialmente a mis hijos. Los regaño porque es algo que no me gusta por lo tanto que sufrimos tu papá y yo a causa de ese méndigo vicio. ¡Y me da coraje porque los veo como unos pendejos! ¡Todavía viendo el mal ejemplo que tuvieron con él y seguir con lo mismo! Al empezar con esa, todos se ponen de fiesta y se sienten muy alegres. ¿Pero sabes qué, mijo? ¡Es una alegría falsa! Porque al rato, ya no es uno el que consume el alcohol, sino es el alcohol el que se consume a uno. Así como le pasó a tu papá. Luego mandan a la chingada todo lo bueno que tienen en sus vidas incluyendo a la mujer y a los hijos, y terminan en la calle."

Pues, quedé asombrado por la seriedad que vi en Martita. Habló con el corazón. Me había platicado una parte muy triste de su vida. En su juventud se enamoró con mi papá y fueron felices unos años, hasta que él conoció a la otra. *No*, pensé yo, *la tomadera no es buena compañía*. Y en silencio le pedí a Dios que me protegiera de esos caminos.

"¿Y qué pasó con tu tercera hija, Vicentita, la que se murió de diez meses?" le pregunté.

"Ay, Joel," me respondió. "Es una historia que quisiera olvidar, pero nunca he podido. Su muerte fue la primera vez, como madre, que se me rompió el corazón. Pues toca que en esos tiempos yo todavía no había arreglado papeles para estar bien en este lado. Aunque mis hijos eran ciudadanos, yo no lo era. Pues toca que una vecina, me tenía mucho coraje y envidia, aunque yo siempre me porté bien con ella. Hablaba mal de mí ante la gente, sin yo hacerle nada. Venían mujeres a traerme los chismes de esa señora, pero yo ni en cuenta. Quizás andaba ilusionada con tu papá, mas nunca lo supe con certeza. Yo me encontraba muy preocupada atendiendo a mi familia. Toca que en una de sus locuras me reportó con la inmigración y me mandaron p'al otro lado. Vicenta era una niña muy bonita y de buen carácter. Tenía solo diez meses y me la tuve que llevar conmigo a México ya que tu papá no podía atenderla por ser ella una bebé y por su trabajo. Pues crees que al poco tiempo de estar en México, le cayó muy mal el cambio de ambiente y pronto se me enfermó. En unas cortas semanas se me murió. Dijeron los doctores que no le había caído bien el cambio de ambiente ni la comida. Pues, allí la sepulté junto con un gran pedazo de mi corazón".

¡Quedé asombrado! "¿Cómo es posible?", le pregunté "¿que te haya tocado cruz tan pesada? Y, más, que aquí estás todavía, en buenas condiciones. "Pues sí, Joelito", me dijo. "Hay que sufrir para merecer. Tenía que seguir adelante por los otros hijos que tenía y por los que luego vinieron. En ese entonces, uno solo se amarraba la tristeza y se la echaba como un liacho sobre la espalda y seguía adelante." "Y todo por una Señora celosa" dije yo. "Así es", me contestó. "Por eso a mí nunca me ha gustado oírlos hablar mal de los ilegales, o mojados, como dicen groseramente. Uno nunca sabe sus razones por andar así. Casi siempre, es por necesidad y no por gusto. No es como si anduvieran de vacaciones. Más, andan los pobres sufriendo con tal de alimentar a sus familias y con la esperanza de que sus hijos sean exitosos en este país. Lo que debíamos hacer es pedirle a Dios que les ayude en arreglar su situación pronto para que vivan en paz. No criticarlos ni reportarlos. Ya ves en mí, perdí a quien más amaba en esos momentos, la niña que cargaba en mis brazos."

¡Santo Señor!, pensé yo. *Cuánto ha sufrido esta pobre mujer. Es un milagro de Dios que todavía esté aquí con mente sana, compartiendo ese capítulo triste de su vida.* Por un momento me imaginé la belleza de Vicentita, quien no tuvo la oportunidad de vivir una larga vida, todo por el chisme y los celos de gente insegura, o simplemente, ¡cabrona! *Un veneno* pensé yo, *eso del chisme y los celos.*

Después de un buen pasar de tiempo, nos empezamos a acercar al Gran Cañón de Arizona, mas Marita se quejaba de que no veía nada más que puro yerbajal. "Al rato," le decía yo. "Al rato vas a verlo y te vas a asustar." "¿Asustar de qué?" me preguntó. "Ni que me llevaras a consultar con el Diablo." "No," le respondí, "¡quizás a consultar con Dios!" "¡Ay Joel!" me respondió. "¡No me llevarás a fusilar!" "¡Yo todavía no me quiero morir!" "¡Santo Señor!" le respondí, "Cuánta desconfianza, y qué sentido de morbosidad tan feo." "¡Pues dices que nos llevas con Dios!" me insistió. "Sí," le dije, "a un lugar de oración. "Hay que ver para creer", me respondió.

Cuando ya nos acercábamos al increíble Gran Cañón, Martita llevaba su vista clavada hacia afuera. Empezaba a notar algo maravilloso al ver la rompedura de la tierra a la distancia y yo sentía que su espíritu empezaba a despertar por el misterio que percibía muy cerca. Nos bajamos del mueble y al ponerse en frente del cañón, se congeló, quedándose muy asombrada por su espectacularidad. Se veía la profunda quebradura de la tierra y las paredes del cañón muy lucientes con su gran variedad de tonos de tierra, todavía más brillantes por la puesta del sol. En realidad, el Gran Cañón presenta una vista difícil de describir. Hay que ver para creer…

Después de unos largos minutos ante aquella maravilla de Dios, vi que Martita volteaba detenidamente su vista de lado a lado como si su cerebro grabara la totalidad del panorama. Pero a la vez, seguía muda, lo cual me sorprendía mucho siendo que ella no era una con falta de palabras. Veía en su cara un gran asombro ante ese cañón tan inmenso y profundo, lo cual se estira por toda la visión periférica. Siguió viendo por todos lados cuando por fin, y con la mano sobre sus labios, la oí murmurar "¡Santo Dios!" "Mira" le dije, "allá abajo corre el Río Colorado. Dicen que ese río tardó millones de años para formar el cañón, así como está. Y en las paredes se ven piedras que tienen billones de años, desde cuando se formaba el planeta." Pero a Martita no le interesaban esos detalles. En su mente y corazón, Dios había creado esta maravilla, y este momento era solo para venerarla y agradecerle a Él por haberle dado suficiente vida para venir aquí desde tan lejos. Instintivamente sacó su rosario, encontró una roca segura donde sentarse y empezó a hablar con Dios en silencio, dándole cara al cañón. Yo veía que sus labios se movían, pero no le salían palabras en voz alta. Se persignaba mil veces y mil veces la oía decir en voz muy baja, "Gracias, Señor." Hasta parecía que el viento, siempre su fiel amigo, se deleitaba al encontrarse con ella de nuevo en un lugar tan santo, y, como siempre, soplaba lentamente sobre su pelo blanco, el cual bailaba sobre su cabeza, celebrando un nuevo encuentro con el mero Dios. Y el sol, ya estando de baja, también los acompañaba, iluminándole su faz, así como iluminaba las paredes del cañón, con un color dorado, pintándola como una imagen eterna y como fiel testigo acerca las obras milagrosas del universo. Y allí sentadita, sola, ante aquella increíble vista, hablaba en silencio con el universo, agradeciéndole este momento en su vida.

La Arqueóloga

El Valle de San Joaquín en California, que incluye el Condado Kern en donde residimos, tiene historia de haber estado bajo un gran mar hace millones de años atrás. En aquellos tiempos, ese mar contenía mucha vida acuática que incluía no solo peces, sino también grandes tiburones y mamíferos marinos tal como ballenas y vacas marinas. Con el paso de varios períodos geológicos, el mar desapareció y los restos de tanta vida marina quedaron atrapados bajo la tierra que se fue acumulando durante tanta época. Como consecuencia de eso, hoy existen muchas entidades incluyendo Colegios y Universidades Estatales que ofrecen programas de arqueología y quienes envían a sus alumnos a que vengan para excavar, identificar, y registrar esos restos para estudiar la historia acuática de aquellas etapas en estos lugares.

Pues toca que, en una ocasión, llevé a Martita a pasear por el Parque Hart, a las orillas de la ciudad de Bakersfield. Aunque este parque es muy verde y contiene un río corriente, parece estar sumergido entre unas lomas secas redondas que han producido una gran cantidad de restos marinos. En ese paseo, sin yo saberlo, se encontraba un grupo de personas escarbando a las orillas de una de estas lomas cuando Martita los vio y le llamó mucho la atención.

"Pero ¿qué andará haciendo aquella gente?" me preguntó. "Solo Dios", le contesté. "Parece que andan escarbando. ¡Pues vamos a preguntar!" me retó. "No vaya a ser que anden en búsqueda de algún tesoro perdido. Quién quita y nos dejen entrar para ayudarles." "No creo," le respondí. "Es demasiada gente para que anden buscando algún tesoro." "¡Pues arrímate y pregunta, Joel!", me insistió. "Ya sabes que el que no habla, Dios no lo oye. Pregunta." Sintiéndome amenazado por su posición, me arrimé a la entrada con trepidad, mas antes de poder arrepentirme, ya estaban algunos autos detrás del mío y no me quedó otra opción más que seguir adelante. Al estacionarme, me bajé del auto para informarme con un señor que parecía estar dirigiendo a la gente, y cuando menos lo supe Martita ya se había bajado también y se encontraba a mi lado. Antes de yo hablar, el señor nos ofreció un gran saludo, dándonos a la vez un martillo chico para excavar. Luego enfocándose en Martita le preguntó por el nombre de la Universidad que representaba para anotarlo en su cuaderno. Yo, sintiéndome muy apenado, le expliqué que solo andaba paseando a mi mamá y que ella me insistió en que entráramos para preguntar qué hacían y que ella no hablaba inglés. "¡Oh!", respondió. "Es una excavación arqueológica. Hoy vienen alumnos de varias universidades para un día de práctica. Yo pensé que quizás ella era tu profesora. ¿Cuál es su origen nacional?" continuó. "Nació en México", le contesté. "¿De veras?", me respondió, medio asombrado. "No parece ser mejicana". Ya para entonces mi mamá notaba que algo no iba completamente bien y conociendo mis momentos de inseguridad, y pensando que nos pudiera despedir el hombre, habló diciéndome que le pidiera permiso de dejarnos escarbar ya que ella padecía de los nervios y que este ejercicio le serviría para distraerse. Le expliqué lo que ella decía y él viéndola muy animada por el momento, se compadeció, como si la comprendiera, y nos apuntó a donde podíamos ir a escarbar. Martita con su inglés mocho le agradeció diciéndole "ténkiu", "gracias". Él sorprendido, le contestó "Ah! you do speak English!" "¡Si hablas inglés!" "Mi no espíque Inglish bery goot", le contestó ella, "No hablo el inglés muy bien". "Mi tu old and tayer" "Estoy muy vieja y cansada". "Oh no", le respondió el señor. "You look young and you are a very beautiful lady!" "¡Te ves joven y eres una mujer muy guapa!" Noté que mi madre le medio entendió al hombre y la vi un poco sorprendida. Sin pedir que yo le tradujera lo que él había dicho, le repitió "tenkiu" y le ofreció un abrazo el cual él tomó con mucho gusto. Luego le dijo "bye bye" y me estiró la mano señalándome que ya nos adelantáramos. Antes de hacerlo nos explicó el señor que escarbáramos con mucho cuidado y paciencia y que nos enfocáramos en todo lo que salía de la tierra.

Al caminar hacia el área que nos había designado le murmuré a Martita, "Parece que tienes un admirador." "Anda, mejor cállate," me contestó. "Qué pena me da que digas eso." "Vaya" le contesté, "no tiene nada mal que te haya echado unos piropos el joven." "¡Ja!, ¡ja!, ¡ja!" respondió Martita, "ha de estar tan viejo como los cerros estos, igual que yo." "Bueno" le dije, "¿qué tiene? De perdido habló verdades, eres una mujer atractiva." "Sí, ¡gracias!" me respondió, pero mejor ya cállate." "OK" le respondí, "pero también vi que tú le diste un abrazo. Y él también es un señor guapo." "Sí", me dijo. "Lo hice para que se calmara, mas lo hice en el nombre de Dios. De nada sirve que ande uno imaginándose cosas inútiles. Eso se deja para los jóvenes. Para una persona de mi edad, son tonterías. Ya casi ando a gatas y tú pensando en esas diablurías. Pero, ya, vamos a ponernos a trabajar." En ese momento recordé que Martita era una realista acerca esas cosas. Acerca de su belleza, siempre fue muy humilde y no le daba mucha importancia. Siempre me decía que la belleza solo era una ilusión. También entendía que las etapas de la vida pasan, así como las etapas de estas lomas en donde nos encontrábamos. Lo que fue ya no es y lo que ahora es, un día dejará de ser. Igual nosotros.

Nos arrimamos al lugar designado y Martita con el ánimo de una buena arqueóloga practicante de Universidad, se dejó caer de rodillas sobre la tierra y empezó a escarbar cuidadosamente. Pasaron unos largos minutos, mientras yo la veía con asombro por el afán que le metía a la tarea a mano. "Válgame" le dije por fin. "Hasta parece que sabes lo que estás haciendo." "Pues no es cosa del otro mundo" me dijo. "Solo escarbar con cuidado para ver qué nos encontramos. Has de cuenta que ando en mi jardín sacando la mala hierba con mucho cuidado para no perturbar las raíces de las plantas que quiero cuidar."

Así anduvimos los dos alguna hora, muy metidos en la excavación. Ella se encontraba totalmente enfocada en su trabajo, escarbando cuidadosamente y recorriendo la tierra por sus manos en búsqueda de algún entierro. Después de haber escarbado un área notable, sacó Martita un artefacto de la tierra. Era chico de tamaño y ella lo estudiaba con mucho afán. "¡Mira!", exclamó. "¡Parece ser un hueso! ¡Solo Dios de qué será! ¡Vamos a llevárselo al señor, a ver qué nos dice!" Y por seguirle la corriente, nos encaminamos ante el Señor y le enseñó Martita su encuentro. "Oh wow!" dijo él después de estudiarlo un momento. "¡Parece ser un hueso de ballena!" Al traducirle esto a Martita, ella, con sorpresa respondió "¿De ballena? Se me hace que no está muy completo este hombre," me murmuró. "Más parece ser un hueso de algún gato que se ha de haber muerto de sed o de hambre en estos lugares tan lejanos." "¿Qué dice?" me preguntó el señor. "Dice que más parece ser el hueso de algún gato que se ha de haber muerto de sed o hambre por andar en estos lugares tan lejanos," le contesté. "¡Ja!, ¡ja!, ¡ja!," respondió. "Tu mamá tiene un buen sentido de humor. Pero asegúrale que es hueso de ballena." "Mamá," le dije a ella. "Tómalo en serio. Hace millones de años este fue un mar y aquí existían muchos animales del agua." "¡Vaya!" me contestó. "¡Dizque un mar de agua! Pues entonces pregúntale que cómo asegura que es de ballena". Al hacerle la pregunta el señor, me respondió que sus tantos años de educación y experiencia dictaban lo que él decía. Era un huesito de la parte trasera del oído de una ballena que existió como trece millones de años atrás, me dijo. Al explicarle a Martita acerca de su encuentro, ella se emocionó mucho y me pidió que le preguntara que a cuánto se lo compraba. "¡Ah, no!" le respondí. "No seas fea. De por sí que nos dejó entrar cuando no era nuestro derecho estar aquí y tú ahora queriéndole vender el artefacto." "Es más" le dije, "ya vámonos. Ya conociste algo de la arqueología y has de andar con cansancio." "Ay sí," me respondió. "Dile al hombre que le regalo el hueso y que gracias por dejarnos escarbar." Él, muy animado y de nuevo dirigiéndose a Martita, le dijo, "it's yours, you found it!" "¡Es tuyo, tú te lo encontraste!" Ella lo tomó en sus manos, le dio las gracias y nos fuimos a casa. En el camino comentaba que le hubiera gustado más haberse encontrado alguna moneda de oro o de perdido ir cargando el dinero de la venta en vez del hueso. "Mamá," le dije, "allí llevas algo de mucho valor histórico. Imagínate, el huesito de alguna ballena que anduvo nadando por estos lugares hace millones de años atrás, cuando todo esto fue un mar." "Pues sí," me dijo. "Solo que ahora somos nosotros los que andamos nadando en un mar de deudas y sin tener con que pagarlas." "¡Ja! ¡ja! ¡ja!" le respondí con mucha emoción, "de veras que tú no estás bien, Preciosa. ¿De dónde sacarás tanta cosa?" "Es la realidad de la vida, Joel" me contestó. "Pero acerca del hueso, si de veras hubiera sido lo que él dice ser, le hubiera interesado quedarse con él, ¿no crees? Para llevárselo a la universidad y estudiarlo." "Pues sí," le respondí, "pero quizás ya tienen otros parecidos y no necesitan más. O, quizás te lo regaló para que te acuerdes de él." "Ándale sí," me contestó, "tú tampoco estás muy completo."

Martita guardó ese huesito por muchos años, usándolo como un rompe hielo cuando platicaba con la gente. Mas ella siempre insistía que se lo ha de haber regalado aquel señor porque sí era un hueso de algún gato muerto y no de alguna ballena antigua. La gente siempre le correspondía con mucha risa y agrado por su sentido de humor inacabable.

Los Extraterrestres

En una ocasión, salió un noticiero por medio de la tele anunciando la caída de un meteorito en el condado Kern, donde vivíamos. Insinuaban que había tocado tierra en la sierra o en el desierto Mojave que estaba a sólo unas horas de nuestro pueblo. También mencionaron que ese artefacto podría tener gran valor monetario y aconsejaban que, si alguien se lo encontrara, lo llevara a alguna universidad para confirmar y valorar. Al entender Martita acerca del evento, le entró la emoción por la posibilidad de una nueva hazaña. "¡Ándale, Joel!" me empezó a insistir, "vamos a buscarlo". "Mamá" le contesté, "no es tan fácil. Nadie sabe con exactitud en qué área aterrizó." "Será más divertido", me contestó, "será como un albur. ¡Ándale, vamos a buscarlo!, ¡quién quita y nos cambie la suerte!" Al verla tan emocionada, y sabiendo que este tipo de paseo, para ella, era una manera de relajarse o como decía, "para distraer los nervios," asentí. "OK" le dije, "vamos este fin de semana."

En esa ocasión, invité a mi hermano Héctor a que nos acompañara. Él también sentía gran amor hacia a su madre, y, al considerar una aventura con ella, sin pensarlo dos veces, aceptó. Muy temprano salimos los tres en búsqueda de algo nuevo y optamos por ir al desierto Mojave. Estando allí, anduvimos por un lugar llamado Red Rock Canyon (Cañón de Piedra Roja). Allí se pueden admirar los pintorescos acantilados desérticos y formaciones espectaculares de piedra. Cada cañón es bellísimo y único, ya que sus formas son muy impresionantes y parecen estar pintados de colores muy lucidos. Pues ante esa maravilla de Dios, anduvimos Martita, Héctor y yo durante esa mañana buscando el misterioso meteorito que pudiese haber aterrizado allí. Veía yo que Martita andaba muy emocionada, pues parecía convertirse en una chiquilla en búsqueda de algún tesoro. Fueron muchas piedras que le llamaban la atención y al levantar cada una, nos gritaba que fuéramos a revisarla para ver si no era piedra celestial. Viendo yo que Héctor también cargaba mucha emoción igual que su madre, dejé a los dos seguirse el uno al otro, dándole a él la chamba de revisar las docenas de piedras que Martita levantaba. A las cuantas horas la vi un poco cansada y aconsejé que nos fuéramos a otro lugar en carro para buscar. "¡Pero no para la casa todavía!" dijo ella. "Es muy temprano." *Qué ánimo de mujer*, pensaba yo. Por un momento creí que ya se había agotado y nos podíamos regresar a casa, pero no. Para ella, la aventura apenas empezaba. ¡Se me había olvidado que solo tenía algunos ochenta años! Nos subimos al auto y seguimos adelante en búsqueda de otro sitio.

En el camino platicaba Martita con mucha emoción acerca de esta aventura. Sin saber cómo, llegamos al tema de los extraterrestres y la pregunta eterna de que si han visitado este planeta. Les conté que durante toda la historia humana han existidos rumores afirmándolo. Y ella, no perdiendo el paso y demostrándonos también un poco de su sabiduría, nos dijo: "Si la gente lo ha platicado por tanto siglo ha de ser cierto." "¡Ah fregado!" le contesté. "¿Y eso?" "Ah, Joel", me respondio. "Cuando a la gente le impresiona alguna experiencia fuerte, lo recuerdan para siempre y lo platican mucho. Se pasan esos cuentos de generación a generación hasta que se convierte en leyenda. Con el paso de tiempo, hay quienes ya no creen que el antecedente fue cierto. Pero no seamos tontos, toda historia tiene un inicio verdadero". "¿Entonces tú crees que hay extraterrestres y que nos han visitado?" le pregunté. "Pues sí", me contestó. "No puedo creer que, en todo el universo, seamos los únicos". Yo, sorprendido por su respuesta, no pude más que pensar, *¿Dónde aprendería eso?* Sabía que le gustaba leer, miraba programas en la tele, y convivía con mucha gente. *Quizás entre todo aquello, ella ha retenido tal aprendizaje.* Lo cierto era que no había tema inteligente el cual no le interesara.

A las cuantas horas llegamos a un parque desértico espectacular llamado Vásquez Rocks (Piedras de Vásquez), el cual contiene unas formaciones impresionantes de piedras que apuntan hacia el cielo en ángulo de 45 grados. Algunas parecen llegar hasta más de cien pies de altura. Estas piedras, muy antiguas, parecen haber sido dobladas y volteadas quizás cuando el mundo se formaba y eran de material suave. Luego, la erosión les fue tumbando la tierra que las cubría a punto de quedar pelonas. Parece ser un escenario para las películas de ciencia ficción. Pues allí, de nuevo, Martita se perdió por un momento en su pensamiento, murmurando su impresión al ver algo que nunca se imaginaba existir. Pronto sacó su rosario y empezó a hablar en secreto. Solo sus labios se movían, mientras sus dedos recorrían las cuentas. Héctor, no tan acostumbrado a esto me preguntaba que si se había asustado Martita, y que quizás era mejor irnos. "No", le contesté. "Ella está uno en uno con el universo por el momento. Agradeciéndole a Dios por este encuentro." Él, sin entenderlo por completo pero feliz de que no era algo serio y que nos podíamos quedar, pronto se fue a explorar. Yo, como siempre, me senté cerca de donde ella estaba para estudiarla y meditar yo también. Sentí un airecito fresco que nos acompañaba y al abrir los ojos, noté que ese mismo bailaba con los cabellos blancos de mi madre. Mas la vi muy enfocada en su oración y como siempre, cuando en esa pose, su cara relumbraba ante la luz del sol.

Al acabar con su encuentro espiritual, preguntó por Héctor y al verlo a la distancia se fue a seguirlo, y yo, a ella. Los tres platicábamos de nuevo sobre lo misterioso de estas piedras y la posibilidad de que los extraterrestres hayan visitado este lugar en algún tiempo pasado. "Pues quizás sí", me contestó ella, "pero hay que seguir buscando piedras raras a ver si nos toca encontrar una del cielo o de perdido una con algún mensaje de los extraterrestres". Al decir ella eso, vi que Héctor pronto se separó hacia la distancia en búsqueda de piedras interesantes. Vi que levantó una, y dándonos la espalda, noté que parecía estar haciendo algo con ella ya que veía que sus brazos se movían secretamente. Al rato, le gritó muy animado a su madre. "¡Martita! Ven aquí! Parece que he encontrado alguna prueba de que nos han visitado los extraterrestres". Ella, también muy animada se fue rápidamente a encontrarlo. Al acercarnos, Héctor le demostró una piedrita lisa donde él obviamente había dibujado con algún objeto metálico, quizás una navaja, que sacaría de su bolsa de pantalón, unas figuritas de palos. "¡Mira!" le dijo. "Nos han dejado una imagen de su presencia en la tierra". Y Martita mistificada con la imagen, le contestó, "¡Ay Héctor! ¡Tú fuiste el de la suerte!" Yo, un poco indignado por el hecho y la mentira, le pregunté a Héctor en inglés que por qué hacía eso. "Para que se divierta", me dijo. Por el momento recordé que, él, muy diferente a mí, tenía un gran sentido de humor y a todo mundo le gustaba estar con él porque los hacía reír. Mas yo era más serio y un realista. "No es cierto", le dije a mi madre. Y por no poner a Héctor en mal, continué diciéndole, "alguien lo ha de haber dibujado a mano". "¡Pues sí!" me contestó. "¡Algún extraterrestre!" Y viendo a Héctor le pedía confirmación, "¿verdad, Héctor?" Y él, encantado, le contestó "¡pues sí!" mientras los dos se daban un abrazote. Yo sólo sonreí, y decidí dejar las cosas así. *Bueno*, pensé, *si ella quiere creer esas mentiras, allá ella.* Ya tarde nos regresamos a casa y Martita iba encantada con la piedrita que se había encontrado Héctor. La llevaba en sus manos.

Dejamos a Héctor en su casa y nos regresamos ella y yo a la nuestra. Antes de acostarnos, sentados en la sala, le pregunté a mi madre que si de veras creía que la piedrita con dibujo que se había encontrado Héctor era algo extraterrestre, y, me contestó, "Ay, Joel. No le metas tanta seriedad a las cosas. Hay que reírnos de vez en cuando. Yo sé lo que Héctor hizo. Solo le seguí la corriente para darle un momento de alegría. Solo Dios sabe lo que él ha de sufrir. Quizás por eso sea tan bromista". "Pero qué tal si él cree que tú sí creíste esa mentira" le pregunte. "¡Ah!", me contestó, "eso ya es cosa de él, pero yo no creo que esté tonto. Además, mira, aquí traigo la piedrita. Con ella en mano, voy a hacer oración por él y los suyos todos los días, y también por los extraterrestres, ¡que no nos vengan a matar!". Esa noche, entendí que Martita era un ser complejo. Creía en cosas no totalmente aceptadas por la sociedad, tal como los extraterrestres. Era mujer espiritual quien hablaba con Dios a todas horas y pedía también por ellos. Pero a la vez, también tenía un buen sentido de humor y en este caso, le siguió la corriente a su hijo Héctor por complacerlo, ¡no porque le había tomado el pelo!

La Comadre

Tenía Martita una buen amiga y comadre en el rancho donde vivíamos antes de salir de Texas rumbo a California. Se llamaba Andrea y alcancé a oír mucha plática en mi familia acerca de ella durante mi juventud. Después de algunos veinticinco años, más o menos, cuando en una ocasión que veníamos mi madre, mi hermano Prieto, mi hermana Dora y yo de regreso de un viaje a Monterrey, decidí llegar a su casa para que las dos comadres reconectaran. Mi madre iba con mucho ánimo en su corazón por la posibilidad de encontrarse con su comadre de nuevo. Habían sido muy amigotas cuando vivieron en Sandia, Texas, y según entendía yo, convivieron mucho. Yo también iba con la emoción de conocer a doña Andrea de nuevo, ya que mi memoria acerca ella era limitada. Al llegar al pueblo de Alice donde ella vivía, Martita notó que yo andaba un poco norteado, se enderezó en su asiento y empezó a prestarle mucha atención al panorama. "Dónde vivirá," me preguntó. "Parece que tú andas bien perdido." "Pues sí," le contesté, "un poco. Pero al rato damos con su casa." "Y, ¿cómo conoces su dirección? Si nunca has venido." "Ah, pues me comuniqué con su hijo y él me dio la información," le respondí. "Vaya," dijo, "qué bueno que supiste dar con él. Siento tanta emoción. A ver cómo nos recibe. Quizás ya ni me conozca." "Me imagino que sí," le contesté. "Ya le ha de haber platicado su hijo que vienes a verla." "Pues ojalá que sí," me respondió con mucha emoción.

Cuando menos lo supimos, nos encontramos en frente de su casa y tocamos a la puerta. Contestó ella, siendo que vivía sola en su casita y nos recibió con mucho cariño. Al ver a mi mamá, echó un grito, preguntándole, "¡Marta!, ¿eres tú?" "Sí, yo soy, madrecita", le respondió mi mamá con el mismo entusiasmo. "Aunque ya ando a gatas, pero mírame, aquí estoy todavía." Las dos se dieron un gran abrazo y con un gusto enorme, pronto entablaron una plática sobre sus recuerdos del pasado y se pusieron al día respecto a sus vidas. Parecían ser dos chiquillas que se encontraban de nuevo en un campo de juego. A la vez, doña Andrea nos pasó a su cocina, nos preparó un buen café y nos compartió un pan dulce que tenía a mano.

Mis hermanos y yo las dejamos a solas un buen rato para que se acoplaran mientras nosotros hablábamos de la vida que vivimos en estos lugares antes de alejarnos del estado. Por fin, cuando vi un momento libre entre sus pláticas, le pedí a doña Andrea que me platicara alguna anécdota referente a mi mamá cuando ellas convivían en aquel pasado del cual platicaban. "Es que, Joel" interpuso mi mamá, "es mi protector y siempre quiere saber todo acerca mi vida. Él nunca me ha dejado sola y a donde quiera que vayamos pide que le platiquen algo de mí". "Pues obró Dios en ti, Marta", le dijo su comadre. "Mírame a mí, aquí sola, sin quien me atienda a diario". "Pero Dios está contigo", le dijo mi madre. "Él nunca te abandonará". De nuevo se abrazaron las dos y se sonrieron al sentirse afirmadas. Entonces volteó la señora Andrea hacia mí, diciendo, "¡Ay mijo!" Y me empezó a contar...

"¡Tengo tantos gratos recuerdos de tu mamá que no sabría ni por dónde empezar! Pero esto sí te digo, como tu mamá no había otra. Todas las mujeres la admirábamos mucho por su valentía. Nosotras no teníamos la determinación que tu mamá poseía. Éramos un poco miedosas acerca de lo que la gente pensara o a que nos maltrataran los hombres si nos portáramos de manera que ellos no aprobaban." "¡Válgame!" le contesté, "pero ¿qué cosas hizo mi madre o cuál fue su comportamiento tan impresionante para ustedes?" "Bueno," dijo, "déjame platicarte de una ocasión que quedó para siempre impronta en mi mente".

"Pues toca que en un invierno se nos vino el norte con una fuerza tremenda y todos estábamos que nos moríamos de frio. Las casas en ese entonces eran unos tecurúchos y no nos ofrecían mucha protección contra la helada. En ese día estábamos un grupo de mujeres con un montón de niños adentro de la casa temblando de frío cuando tu mamá se asomó así afuera y vio que los hombres estaban con una tina grande quemando leña para mantenerse calientitos mientras tomaban algún licor. Al ver aquello, le entró un coraje, encontró unos pantalones de alguno de sus hijos o quizás de tu papá, se los puso, y se fue a la puerta. 'Marta', le pregunté yo, muy asombrada. '¿Qué haces? No se vaya a enojar tu esposo si te ve vestida así'. 'Anda, mujer, me contestó. ¡Que se enoje todo lo que quiera! ¡Ni creas que me asuste yo con eso!' Y con ese valor, salió pa' fuera y se arrimó junto a los hombres diciéndoles con mucho enojo, '¡En vez de estar aquí de borrachos, calentándose la verija, por qué no meten una tina con brasa a la casa para que se caliente adentro un poco también donde están sus mujeres e hijos!'

Los hombres, muy asombrados por la franqueza con que les hablaba la mujer de don Carmen, le respondieron, '¡Sí, señora! Cómo no. Ahorita mismo lo haremos'. Pronto corrieron algunos dos en búsqueda de otra tina y en un dos por tres, la llenaron de brasa y nos la pusieron en la sala. No pasó más que algún rato cuando ya todos estábamos un poco más cómodos y muy agradecidos por el valor de tu mamá. Sin ella", continuó, "nos hubiéramos congelado allí mientras los hombres, olvidados de sus familias, se emborrachaban. Nosotras éramos muy tímidas, ya que los hombres mandaban y uno no acostumbraba a retarlos. Pero a tu mamá, eso le importó un comino." "¿Y mi papá?" le pregunté a Doña Andrea. "¿Cómo respondió?" "No," dijo, "creo que tu papá ya sabía muy bien lo que tenía en su mujer. Yo vi que solo le dio una mirada muy firme, como si estuviera de acuerdo con su proposición, pero quizás le hubiera gustado que lo hiciera de otra manera. Pero te aseguro mijo", me continuó diciendo, "si Marta no hubiera hablado en ese entonces, no estuviera yo aquí platicándotelo".

Sentí un orgullo mayor al escuchar esta anécdota acerca de mi mamá. Confirmaba lo que yo ya conocía de ella. Era una mujer muy fuerte e independiente. Decía lo que se tenía que decir, aunque fuera con audacia, para atender a las necesidades de su familia y en este caso, las familias de sus amistades también.

Capítulo 5

La Vigilante

La Encuerada

Nos encontrábamos Martita y yo en casa una tarde de verano cuando alguien tocó la puerta de la entrada. Ella se levantó para contestar, y al abrir la puerta, se encontró ante una amiga mía quien decía venir a buscarme para platicar. Yo ya tendría unos veinticuatro años y aunque me consideraba independiente y de mente abierta, siempre estimaba la opinión de mi madre; esa cargaba mucho poder en mi consciencia, y por esa razón, trataba de nunca ofenderla.

Pues en aquel entonces, una nueva moda de vestir para las mujeres era el uso de un pantalón muy pegado a la piel cuyo material se estiraba. Llevaban una cinta que apretaba los talones para que se mantuviera el pantalón en su lugar. Los hacían de muchos colores y diseños, algunos con cintura ancha y otros sin ella. Según entendía yo, el propósito de estos pantalones era hacer que las piernas se vieran más largas y delgadas, pero la realidad era otra. En muchos casos, esos pantalones hacían a la mujer verse más grande en su tamaño de cintura y más anchos los muslos.

En esa ocasión, venía la chica a visitarme para platicar o quizás salir a dar la vuelta y a la vez, mostrarme su nuevo "look". También llevaba puesta una blusa estilo playera de tela semitransparente, súper corta y muy pegada a su busto sin brasier, el cual era estupendamente prominente. Pues en eso que le abre Martita la puerta, la chica le saluda con mucho afecto, "¡Buenos días, Martita!, ¡¿cómo está?!" y ¡Martita responde con un grito de esos que levantan hasta a los muertos! "¡Santo Señor!", exclamó. "¡Jesús,

María y José! ¡Pero criatura de Dios!, ¡¿qué te pasa?!" "¿Por qué Martita?" le preguntó mi amiga, muy asombrada por el susto que le causó a mi madre. "¡Hija de mi alma, andas encuerada!" "Ay Martita", le respondió ella. "¡Es la nueva moda! Así se usa hoy en día." "¡Ah, no!" contestó mi madre. "No estoy completamente loca todavía para creer eso! ¡Andas con todo lo más íntimo de fuera!" Al decir eso, la muchacha se apenó un poco y con las dos manos se tapó aquella parte de su cuerpo que tanto ofendía a Martita. Toca que la chica había escogido un pantalón color amarillo, y al estirarse sobre su cuerpo, iluminaba todos sus lugares secretos, ya que no se había puesto ropa interior. "¡Y ni brasier te pusiste tampoco, mujer! ¡Y traes los focos en luz alta! ¡Santo Señor!" insistió ella. "¡Ya te chisqueaste por completo!" "¡Ay, Martita!", continuó la chica. "Es que solo vengo a platicar con Joel." "¡Ah, no!" le respondió. "¡Así como andas, y, él siendo hombre, es mejor que te regreses a tu casa a cambiar!"

Al haber escuchado el intercambio de opinión acerca de la nueva moda de vestir, yo me adelanté hacia la puerta en defensa de la chica diciéndole a mi madre que no fuera tan dura en su crítica y que la dejara entrar. "Anda muy guapa", le dije yo a mi madre. Y además solo vamos a platicar. "¡Anda, sí, cómo no, cabrón!" me respondió. "¡Qué dijiste, ya la tengo hecha!" Y volteando así a ella le dijo, "¡No, Señor! Te regresas a tu casa a cambiar y luego vuelves si es que quieres, aunque ¡¿ya pa' qué?! Ya le enseñaste todo el paquete a este otro cabrón que te esperaba ansiosamente. ¡Cómo no llegaste con un rosario en la mano mejor! ¡Así de perdido hubiera creído que andan en buenos pasos!" "¡No!" le dije yo. "Ni yo sabía que venía, ni tienes el derecho de insultar a la gente así. Es su derecho vestirse como ella quiera." "Pues sí," me contestó. "¡Pero allá en la calle! En mi casa, ¡no!" Y ya para entonces mi amiga se dio por vencida y decidió irse. "Luego te llamo", me dijo en inglés. "Está bien", le contesté. Esa tarde, Martita se quedó humeando de ira mientras yo me quedé lamentando el no poder defender por completo los derechos de mi amiga de vestirse a su gusto, ni quedarse para convivir conmigo. A la vez, mis ojos se quedaron tristes al ver desaparecer aquella maravilla creada por Dios; muy cerca y a la vez tan lejos...

Los Brujos

Ya tenía mi hermana Juanita varios años de haberse mudado al estado de Tejas con su esposo e hijos. Ella y yo siempre habíamos tenido una relación muy apegada ya que nos criamos juntos, experimentando nuestra juventud en Wasco. Su partida fue un poco difícil para los dos y yo batallé para hacerme a la idea de que nos íbamos a reunir solamente una vez por año, cuando yo anduviera de vacaciones y fuera a visitarla. Su esposo claramente había dicho al llevárselos que él jamás volvería a California. Durante varios años que nos frecuentábamos, ella me fue revelando, poco a poco, que las cosas no iban muy bien en relación con su matrimonio. Su esposo se había convertido en un ogro y era muy abusivo con ella. Aprovechó que ella ya no tenía a su familia a la vuelta para defenderla y la pobre no encontraba la salida. En varias ocasiones me platicó que a veces sentía que la tenían embrujada, mas no sabía quién. Lo creía así porque ya no se sentía con las mismas fuerzas físicas ni emocionales de antes, y aunque deseaba separarse de su esposo, nunca encontraba el valor para hacerlo. Le entraba mucho miedo al pensar en la posible reacción de su marido. En una de las ocasiones cuando fui a visitarla, la noté muy mal emocionalmente. Ya no era la mujer fuerte que conocí en mi juventud. Medía sus palabras y sus acciones. Se encontraba con una paranoia sobre lo que su esposo pensara o que la acusara de andar en malos pasos con algún otro. Él me celaba mucho con ella aunque era su hermano, y no le gustaba que nos divirtiéramos mucho. Le entraba un coraje si nos oía reír o si sacábamos a mis sobrinos a pasear. Los pobres también sufrían mucho estando en esta situación donde eran testigos de la violencia doméstica que existía en su hogar.

En esta ocasión, nos pusimos Juanita y yo en un plan secreto de irnos a pasear a Monterrey unos días y luego de allí, regresarnos a California. Ella muy animada ya que me veía muy seguro con el plan, y yo encantado de que por fin regresaría a su verdadera casa. Antes de salir, me comuniqué con mi madre para explicarle el problema de Juanita y nuestro plan de escape. Ella no estaba muy contenta. "¡Ay no, Joel!" me dijo. "¿Pero por qué andas metiéndote en lo que no te importa? Esas son cosas de su matrimonio y ¡ellos son quienes tienen que arreglar sus problemas!" "Pues sí me importa", le contesté, "es mi hermana y la amo. No te imaginas lo que sufre. Es más", le advertí, "parece que la tienen embrujada". "¡¿Qué?!", me respondió. "Así es," le dije. "No anda muy bien Juanita, la veo muy chisqueada." "Si no ha encontrado quien le ayude, yo lo haré". "¡Joel!" respondió mi madre con mucho asombro. "Esas son cosas muy serias y tú no debes andar metiéndote en eso. Si es como tú dices, han de ser poderes muy fuertes y malos. Alguna cabrona que traiga de amante su esposo y que le tiene celos o algún pariente de él que la tiene amarrada con brujería para que no lo deje. Pero no es para que tú te metas en eso. Mejor espera que yo vaya y la llevamos con alguna curandera allí cerca. Pienso ir para allá en dos semanas". "Pues no", le contesté. "No te puedo esperar. Mañana nos vamos a Monterrey y a los cuantos días, nos vamos a California… ¡En el nombre del Señor!"

Al estar en Monterrey unos días, me invitó mi tío Goyo a que lo acompañara a su rancho natal. Sintiendo el reto de una buena aventura, acepté, y nos fuimos por dos días. Le prometí a Juanita regresar pronto y la reté también a que se divirtiera con sus tías y primos. En el camino y cuando explorábamos el rancho, mi tío, siendo un hombre espiritual como mi madre, me platicaba de su vida junto con sus hermanos y lo que habían sufrido al quedarse huérfanos de mamá. E igual que su hermana, estaba muy conectado con sus hijos y los amaba de alma y corazón. Su historia de esa etapa de sus vidas era muy parecida a lo que me platicaba mi madre. Fueron gente sufrida, lo cual creó en ellos una fortaleza emocional y carácter fuerte. Eran aguantadores contra los golpes de la vida.

Al regresar a Monterrey, cuál fui mi sorpresa al no encontrar a Juanita ni a sus hijos. Dizque había llegado su esposo y se la llevó. *¡Ah, carajo!* pensé. *¿Pero cómo supo donde andábamos?* Mucho después, me platicó que ni ella supo cómo vino a dar allí. Él sabía que Juanita tenía parientes en Monterrey, mas no sus domicilios. También me platicó que la había amenazado diciéndole que, si no se regresaba con él en ese momento, le iba a armar una bronca ante sus familiares. Por evitar esa pena, ella accedió a su petición. Pues todo ese día me la pasé platicando con Dios, pidiéndole que me iluminara el corazón y que me entregara la sabiduría para saber qué hacer. Me dolía pensar que Juanita seguiría sufriendo en una relación muy tóxica y donde yo creía, la tenían embrujada.

Esa noche, un poco antes de las doce, nos acostamos dos primos y yo en unos catres que permanecían en el patio; eran noches calurosas y

51

se nos hizo más rico dormir afuera al aire libre. El patio presentaba con algo de misterio ya que uno se encontraba medio encerrado entre unas paredes altas de bloque. También habían varios árboles frutales que le agregaban al misterio de la noche al tratar de ocultar la luna. Al hacerlo, forzaban que su luz entrara quebrantada causando que las ramas echaran sus sombras por el alrededor formando figuras desconocidas por todo el lugar. También había plantas bajas que hacían lo mismo. Pues no pasaron ni cinco minutos cuando todavía despierto, escuché el revoloteo fuerte de lo que yo me imaginé eran pájaros muy grandes. De pronto vi unas siluetas de tres que se habían parado en una de las altas paredes y quienes nos miraban fijamente con ojos muy grandes y obscuros. Mas en un instante, los tres pájaros se convirtieron en tres personas de edad mayor. Esto lo supe porque vi claramente sus caras envejecidas por tanta arruga, con patas de gallo muy profundas y bolsas bajo sus ojos. Eran dos señoras y un señor. Comprendí que era a mí a quien no le quitaban la vista y me congelé de miedo. De pronto empezaron a hablar. "¡Hijo de tu puta madre! ¿Quién te crees ser? ¿Por qué te andas metiendo en lo que no te importa? ¡Eres un cabrón, un desgraciado! ¡Deja que las cosas sean como son y no andes de entrometido!" Al instante, entendí que estos eran los personajes que le estaban haciendo diablurías a mi hermana y sabían que mi intento no era solo ayudarla, sino llevármela lejos de su poder. Mas no pude hablar. Solo cerré los ojos y empecé a recitar el Padre Nuestro. Lo repetí varias veces hasta oírlos hablar de nuevo. "¡Ja! ¡ja! ja! Con ese miedo que traes, ¡vas a caer muy pronto cabrón! ¡Eres un hijo de la chingada! Tú no eres nadie contra nosotros. ¡Somos viejos con mucha experiencia y poder!" De nuevo volví a cerrar los ojos, y me acordé de mi madre. Con toda mi limitada fuerza espiritual, empecé a llamarle a que me viniera a ayudar. Me encontraba muy involucrado en algo que yo no conocía. De pronto escuché su voz muy dentro de mi ser que me decía: *Hazte fuerte Joel. Habla con Dios. Él está contigo. ¡No te des por vencido! No aceptes el reto de contestarles.* Y de nuevo, con los ojos cerrados seguí con mi petición a Dios, ignorando la presencia ante mí. Sólo me salía el Padre Nuestro y nada más. Y de nuevo oía las voces de los brujos que se burlaban con carcajadas de ancianos malos. Yo, nunca les contesté, tal como me advertía mi madre, mas sí los miraba, los oía, cerraba los ojos y seguía: *Padre nuestro, que estás en el cielo…* De rato oí el revoloteo de alas otra vez. Abrí los ojos y vi que se habían alejado. Me encontré empapado de sudor.

Después de lo que parecieron ser horas, encontré el valor de estirar un brazo y tocarle el hombro a uno de mis primos que estaba acostado en el catre más cercano a mí. "¿Qué pasó?", me preguntó. "¿Qué pasó con ustedes?", le contesté. "¿Por qué no hablaron?" "¿Cuándo?", preguntó, "Si estábamos dormidos. ¿Tú estabas despierto?" "Sí", le dije. "Y se aparecieron unos brujos". "¡Ah chinga'o!", contestó. "¿Qué onda con eso? Has de haber tenido una pesadilla". "No", le dije. "No dormía. Estaba muy despierto". Ya para entonces, el otro primo también estaba metido en el dialogo. "¿Qué onda?", preguntó, "¿Cuáles brujos?" "N'ombre, gachos", les dije. "Se aparecieron unos pájaros grandísimos y se convirtieron en unos viejos brujos. Me estaban echando madres y me condenaban por andar metido en lo que no me importa". Al decir eso, brincaron los dos, corriendo, rumbo a la puerta de entrada a su casa gritando "¡Vámonos, mejor a dormir adentro!"

Al siguiente día traían todos los de la casa el gran mitote de los brujos que se me habían aparecido. Tuve que platicarles un montón de veces acerca de lo ocurrido. Todo mundo mistificado con mi experiencia. Esa tarde me invitó mi tío a un café. "Tú y yo solos", me dijo. "Sí, tío. Está bien" le contesté. Nos fuimos hacia fuera cada uno con su taza de café en la mano. Allá sentados, cerca del mismo lugar donde vi a los ancianos, me pidió que le contara acerca lo ocurrido. Le expliqué lo mejor que pude acerca de mi experiencia, lo que vi y oí, y mi pensar que todo estaba relacionado con lo de mi hermana; que alguien le estaba haciendo una brujería para que se quedara en su mala relación con su esposo y que a mí por metiche me vinieron a asustar para que la deje. "Pues no", me dijo. "No la puedes dejar. Hay que hacer lo que puedas para llevártela a California. Pero cuéntame con más detalle acerca de los ancianos que se te aparecieron. ¿Es cierto que eran pájaros primero y luego se convirtieron?" "Sí," le dije. "Y cuando se convirtieron, ¿se sentaron en la barda?" Me preguntó. "Pues no", le contesté. "Yo vi que estaban de cuclillas sobre lo alto de la pared. Nunca se sentaron de manera que dejaran colgados los pies sobre la pared". "¡Ah!", dijo él. "¡Eres muy observador! Y qué bueno que me lo dices así, porque ahora sí te creo". "¿Ah, sí?" le pregunté. "Sí," dijo. "Mira, Joel, yo tengo toda mi propiedad curada. En lo mío no se pueden meter, ni siquiera colgar sus piernas sobre la parte de la barda que me pertenece a mí. Tú ya sabes que nosotros tenemos otras creencias acerca de las luchas espirituales, ya sea aquí en la tierra o en el mundo de los espíritus. Parece que te traen mucho coraje, pero fuiste protegido en parte porque estabas en terreno protegido. Por la otra parte, creo que tu mamá también estaba contigo y te pudo proteger." "Sí" le dije. "La mandé a llamar, y me acompañó." "Está bien", respondió. "Eres un hombre fuerte para estas cosas." "Ni crea", le contesté. "Me congelé de miedo." "Sí, pero nunca dejaste de aclamar al Arquitecto del Universo. En vez de retar a esos cabrones, optaste por meditar en Él. Él te acompañaba, al igual que tu madre."

A los cuantos días, llegó mi mamá a casa de su hermano donde yo me quedaba. Me preguntó acerca de lo acontecido pues desde que había llegado, ya le había platicado todo el mundo sobre mi experiencia. "Te dije, Joel, que no te metieras en esas cosas. Esa gente es muy diabla y muy poderosa. Tú no tienes la experiencia para luchar contra ellos. Pero en parte, tu inocencia en querer ayudarle a tu hermana y el hecho de que no olvidaste hablarle a Dios te ayudó mucho." "Sí" le dije, "gracias también por estar allí conmigo." Y ella, sin confirmar lo que yo acababa de decir, solo me sonrió, sabiendo que yo empezaba a entender un poco más de esas cosas.

No pasarían ni dos días cuando me pidió mi madre que la llevara con una curandera que según le habían dicho, trabajaba con la luz y era muy respetada por la gente local. Al llegar al domicilio, yo creía que veníamos para que se le atendiera a ella. No fue así. Al llamarle a su siguiente cliente la Señora pidió que pasara la viajera. Todos los que esperaban empezaron a voltear para ver quién era la viajera. Viendo que no se levantaba nadie, la Señora se enfocó en mi mamá y le dijo, "Es usted, pase". Al ser llamada, me pidió que la acompañara. Lo hice, pero con un poco de enojo porque sentí que me había engañado. Entrando al despacho, fue imposible no fijarme en la multitud de imágenes religiosas que me rodeaban y el aroma del copal que se quemaba. En una mesa central, estaba un globo grande de cristal medio lleno de agua con una rosa roja flotando en ella. Fue entonces que noté que la Señora no me había quitado la vista desde que entré y seguía mi vista, muy enfocada en lo que yo veía y mis expresiones faciales. Fue entonces que ella habló. "Tú andas muy mal, hijo. Te has metido con una gente muy fuerte y mala". Yo me quedé mudo porque había decidido no hablar para retar a mi madre por su engaño en traerme sin decírmelo de antemano. Pero ella siguió hablando. "Por el momento estás enojado con tu madre porque te trajo aquí. Luego le darás las gracias por haberlo hecho. Mira, hijo, tú eres un inocente, y tratas de ayudar a alguien quien corre mucho peligro. Amas a esa persona y por ese amor, buscas rescatarla. Lo bueno es que amas a Dios primero y te acuerdas de Él a cada momento. Creo que ha sido tu madre quien te ha inculcado ese amor a Dios, ¿sí?" "Sí", le contesté por fin. "Bueno, te voy a regalar esta cruz de Caravaca para que la cargues contigo. Ahorita no me creerás, pero un día muy pronto te va a sacar de un gran apuro. Mientras, tú sigue pidiéndole favor a Dios. Él está contigo." Después, hizo una oración pidiendo favor por mí y me echó unas salpicaduras del agua que tenía en el globo. Al terminar, nos fuimos y ya me sentía más tranquilo y agradecido con mi madre por preocuparse tanto por mí, aunque yo ya me consideraba un hombre independiente. Estuve en Monterrey todavía unos días más y cargaba la cruz de metal que se me dio, en mi billetera. Anduve con ella por todas partes y cada noche la sacaba y con ella en mis manos, hablaba con Dios. A la semana, agarré camino rumbo a California.

Iba manejando rumbo a la frontera de Reynosa, Tamaulipas por la mañana. Por haber recorrido este camino tantas veces durante mi vida, ya conocía que la distancia para llegar a la frontera seria dos horas y media, más o menos. Poco después de dejar la ciudad de Monterrey atrás, algo raro me pasaba. Empecé a sentir una sensación de sueño, pero a la vez con los ojos abiertos. *¡Ah, carajo!* pensé. *No hace tanto que desperté y todavía es muy temprano para traer sueño.* Cuando menos lo supe, me encontraba volando como si yo mismo fuera pájaro. Sentí la frescura del aire alto y veía la geografía de la tierra abajo. Mi instinto me llevaba hacia mi casa en California, la cual estaba como a 1500 millas de distancia. Pero mi vuelo era algo fantástico. En él, perdí la sensación del tiempo y cuando menos lo supe, me aproximaba a mi casa. De pronto oí un sollozo. Sentí la tristeza del llanto en mi corazón. *¿Quién será?*, me preguntaba, cuando, por fin, llegué a mi hogar y flotando por arriba, alcancé a ver a dos ancianos llorando en voz baja. *¡Santo Señor!* pensé, *¡son mis padres!* Aunque los vi acompañados el uno con el otro, no pude evitar la mirada de mi madre. Ella estaba con el corazón deshecho. Su sufrir era más que el de mi padre, y yo sentía su pesar. *¿Pero por qué lloran con tanta pena?* me preguntaba yo mismo. Al siguiente instante, oí música y sentí la alegría que ocurría en otras casas, en otras vecindades. Allí vivían mis hermanos y me di cuenta de que en sus casas había fiesta y todo mundo en tono con ella. *¿Pero dónde estoy yo?* me pregunté. Mas tan pronto que hice esa pregunta, me di cuenta de que yo estaba muerto y que mis padres lloraban por mi ausencia. Mis hermanos seguían con sus vidas por adelante, atendiendo a sus familias, mas habían olvidado a sus padres, quienes ahora sufrían de una tristeza muy grave. *¡Ay Dios!,* pensé. *No me dejes morir antes que ellos. No le temo a la muerte, sé que es parte de nuestra experiencia humana. Mas te ruego, llévame después de mis padres, no antes. Qué increíble que se encuentren solos siendo que somos muchos hijos, no sólo yo. Pero son mi cargo. Sólo eso te pido Señor.*

Cuando menos lo supe, me encontré manejando mi carro de nuevo, llorando mares por lo que se me había manifestado. Todavía sentía la gran tristeza por lo que vi. Al enfocarme así adelante en el camino que llevaba, vi que pasaba una gran antena que estaba a un lado del camino y que me anunciaba que en menos de una hora llegaba a mi destino. *Ah, ¡jodido!,* pensé. *No es posible. No hace menos de una hora que salí, y ya mero llego.* Se me había perdido más de una hora. Al llegar a Reynosa, me dirigí a casa de la tía Chavela, hermana de mi mamá. Le platiqué de mi experiencia y lo difícil que fue controlar mi llanto por lo que vi. "Pues está muy raro todo esto, mijo", me dijo. "Pero ya sabes, dice tu tía Goya que venimos de gente Sabrina y tenemos el don de ver cosas. Y acerca de tu llanto, no te preocupes, mijo. Eso también es parte de nuestra existencia familiar. Somos muy emotivos."

Al cruzar la frontera, me dirigí a casa de mi hermana Juanita, con la misma insistencia de llevármela para California. Mas al llegar a su casa, no la encontré. Se la había llevado su esposo de paseo a Houston. *OK, ni modo,* pensé. En ese momento juré antes Dios que, en la próxima vuelta, me la llevaba. Seguí mi camino hacia California y a medio camino, llegando a El Paso Tejas por la madrugada, empecé a sentir la misma sensación de la mañana anterior. Mas esta vez fue algo muy diferente. De repente sentí perder el control de mi auto y ¡chocaba con un puente! Dio varias vueltas en las cuatro llantas mientras yo me sostenía fuertemente del volante. A la vez, alcancé a ver la imagen de mi madre sentada en el asiento de pasajero y la oí gritar, "¡Jesucristo Salvador!" Por fin, se detuvo el mueble. Volteé hacia todo lado y me encontraba solo. Noté que el asiento de atrás estaba casi pegado al de enfrente y todo se veía destrozado. No pude abrir mi puerta siendo que estaba aplastada. Como pude, pateé la puerta de pasajero, y al abrirla, me salí. Medio desorientado, pero ya de pie, miraba yo hacia mi carro que estaba todo apachurrado. Una señora que se bajó de su propio mueble al ver el accidente gritaba, preguntándome que si yo estaba bien. "Sí", le dije. "Gracias." Vi en mi camisa sangre y por el momento pensé que estaba muy herido. Pero al recorrer mis manos sobre mi cuerpo no encontré ninguna herida grave, solo una cortada pequeña en mi cara. "¡Oh, Dios mío!" gritaba otra persona. "¡Increíble que salió entero!" En ese momento me acordé de la advertencia de la curandera en Monterrey y pronto saqué la cruz de Caravaca para orar y darle gracias a Dios por salvarme. ¡Cuál fue mi sorpresa al ver que la cruz se había quebrado por la mitad! "Un día te va a sacar de un gran apuro," me había dicho.

Llegué a casa con la boca cerrada por un puente dental de alambre que me pusieron en el hospital. Se me había dislocado la quijada y tuve que aguantar ese malestar por cinco semanas, dándome mucho tiempo para meditar en lo que había experimentado en esas semanas. Mas de ese día en adelante, algo muy profundo cambió en mí ser. Sentí que había entrado a otro nivel espiritual. Entendí que había cosas más importantes en la vida que lo material. Estamos aquí sólo por un momento, un soplo de aire en la eternidad. Hay que atendernos los unos a los otros con mucho amor. Y cuando alguien sufre, si eres valiente y fiel a las cosas del espíritu, te avientas a las llamas para rescatarlo. Aunque es Dios quien se encargará de rescatarlos a los dos. Eso se llama Fe. Lo importante, es que tu intento fue ayudarle al prójimo. Después de esas experiencias, Martita se convirtió en una Sabrina muy poderosa en mi corazón. Nunca me abandonó. Cuando me encontré en las manos del mero diablo, allí estaba ella a mi lado, ¡aclamando favor de Dios!

La Vendedora

Martita siempre fue muy buena vendedora. Era competente y muy persuasiva. Quizás lo fue por su personalidad encantadora, carismática y cautivadora. Se iba a visitar a la gente con una canasta grande metálica con ruedas donde cargaba una gran variedad de productos. Durante toda mi vida la vi vendiendo alguna marca de productos u otra, ya fueran de belleza, del hogar, joyería, o ropa. Llegó a vender Avon, Stanley, JAFRA, Mary Kay, y otras cosas que ella misma compraba durante sus viajes a México cuando iba a visitar a sus familiares. De esos viajes siempre regresaba con un montón de ropa y en particular, ropa interior para dama. Al preguntarle las señoras acerca del tipo de ropa que traía de México, les respondía que había traído una gran variedad "de aquellos que te platiqué." Lo interesante es que las compradoras entendían su idioma secreto y respetuoso acerca de esa ropa.

Al regresar de sus viajes a su tierra natal, llegaba a casa con unas ansias de salir al día siguiente para ver qué vendía. "En el nombre del Señor", decía antes de salir a la calle. Y persignándose, abría la puerta diciéndonos, "al rato vuelvo, voy a las casas." Ya afuera, corría primero hacia su jardín buscando cierta yerba para echarse en su bolsa. Yo, siempre al tanto de sus quehaceres, y su fiel sombra, le pregunté en una ocasión, "¿qué buscas?" y ella me respondió, "la albahaca, para la buena suerte." "¡Ay Dios!" le contesté. "Siempre con tus creencias." "¡Anda!", me dijo. "Tú no crees porque no has visto. Ya cuando tengas mis años, y hayas vivido lo que yo ya viví, creerás. ¡Ahorita estás muy sonso!" Al encontrar la albahaca, se persignó de nuevo con ella, murmuró algunas palabras a Dios, se la echó en su bolsa, y salió apresurada. Yo, me quedé orgulloso por mi madre, por su afán al trabajo y la productividad, y a la vez enojado porque me había llamado "sonso."

Así la veía yo salir en muchas ocasiones, corriendo muy temprano por la mañana, con un gusto y un ánimo, que hasta parecía chiquilla quinceañera rumbo a una fiesta. Pero no, esta era no menos que Doña Martita, ya comprometida a uno de sus gustos mayores en la vida, visitar gente, platicar, y siempre con la esperanza de que le regalaran una taza de café, y si la suerte verdaderamente le acompañaba, vender alguna cosita de lo que llevaba en su canasta. "Pero ¡más importante!", me decía, "lo hago para distraer los nervios porque aquí encerrada en la casa, me vuelvo loca." Yo, con una sonrisa en mi cara la veía desaparecer a la vuelta del callejón, siempre pidiéndole a Dios que la protegiera de cualquier mal, ya que era grande de edad y muy confiada en la gente.

En muchas ocasiones, cuando yo era un joven, acompañé a mi madre con sus ventas. Me invitaba para que le ayudara a estirar la canasta con ruedas por los callejones y por las calles angostas de "el campo", a donde ella más le gustaba ir a vender. "El Campo" se les llamaba a las vecindades de casas proveídas por el gobierno para la gente migrante y de bajos ingresos. Estas estaban poco retiradas del centro de la ciudad, donde nosotros vivíamos, y Martita tenía que cruzar los rieles de tren para llegar allí. Eso también me preocupaba porque en ocasión me platicaba con mucho sentido de aventura que muy apenas había cruzado, cuando el tren pasaba por detrás de ella como león feroz. "¡Hubieras visto!" Me dijo una vez con mucha emoción. "¡Casi me sopla como una hoja en el viento!" "Sí", le respondí yo. "¿Qué tal si te atropella por andar cruzando con esa impaciencia tuya? ¿Qué te cuesta esperar que pase primero el tren?" "¡Pero no pasó nada!" me respondió. "¡Mira, aquí estoy toda completa!" ¡Cuánto me preocupaba yo por ella!

Casi toda la gente que vivía en el campo era gente que hablaba español y para Martita, eso le facilitaba convivir con su propio grupo cultural, porque "allí sí," decía, "me ofrecen de perdido una taza de café y en veces, un pan dulce o un taco. Y no porque me vean con hambre", me aseguraba, "solo porque les gusta convivir". A ella no le importaba mucho si la gente de habla hispana era mexicana o de otro país latino. Le cautivaba escuchar a la gente platicar de sus tierras natales; lo que comían, cómo trabajaban, vestían, los valores familiares, y más que nada, ¡de las leyendas acerca de los tesoros enterrados en esos lugares! Sí, por toda su vida, a Martita le fascinaba platicar acerca de los muchos tesoros que la gente de antes dejó enterrados por no creer en los bancos y por haberse muerto antes de recobrarlos. Y más que nada, le gustaban estos cuentos por el misterio que los enredaba, no solo por la ilusión de encontrarlos.

Los Tesoros

Martita era muy buena para enredarnos con sus cuentos de los tesoros perdidos. Toda nuestra familia conocía por lo menos la historia de algún tesoro, ya sea en el estado de Tejas de donde nuestra familia salió, o en México. Durante algunas tardes, poco antes de obscurecer, nos reuníamos para platicar entre familia y algunos vecinos que se arrimaban. Para esta hora ya habían comido y se habían bañado mi papá y mis hermanos quienes trabajaban en la labor. Martita nos hipnotizaba con el misterio del entierro y criaba en nosotros el deseo de ir a buscarlo uno mismo o de perdido salir al campo en búsqueda de casas viejas y abandonadas para buscar algún tesoro perdido local.

"En otros tiempos" empezó Martita, "la gente no confiaba en los bancos porque sus dueños eran una bola de ladrones y cabrones." Ya con esas palabras tan fuertes y su carácter de enojo contra los abusadores, nos mantenía muy emocionados y atentos, sabiendo nosotros que esta historia iba a ser de mucho sabor. "En aquel entonces, la gente enterraba su dinero en sus patios o en el monte para luego sacar cuando necesitaban. Desgraciadamente, muchos morían sin divulgar dónde habían enterrado sus logros y estos se quedaron perdidos para quien los encontrara en otros tiempos. También hubo hombres valientes quienes luchaban contra la autoridad abusiva y les robaban sus bienes para luego repartirlo entre los pobres." "¿Pobres como nosotros?" le pregunté yo, medio bromeando. "No, Joel," me contestó. "Tú no eres pobre. Comes como marranito todos los días, y te vistes bien..." Indignado por su manera tan directa de callarme, me obligó al silencio y a prestar mejor atención. "O robaban," continuó, "solo para enseñarles a esos cabrones que su ansia de riqueza casi siempre se convertía en hambre para otros y de tal manera, humillarlos un poco."

Una de esas historias trataba con el famoso Cerro de la Silla en Monterrey, Nuevo León. Nos platicó mi madre que, en otros tiempos muy lejanos, existió un hombre de esos que le robaban a los ricos. Solo él sabía de una cueva en lo alto de ese cerro donde escondía las riquezas que acumulaba. Pues un día lo mataron los de la ley y nunca supieron dónde había escondido su tesoro. Aunque lo buscaron por mar y tierra, jamás se dieron el gusto de recuperarlo. Al pasar muchos años, se supo que unos hombres encontraron la cueva de este ladrón y dieron con el tesoro perdido. Se decía que la cueva estaba obscura y se sentía la presencia de malos espíritus que protegían el contenido. Estos hombres, muy valientes, empezaron a buscar manera de juntar parte del tesoro y sacarlo, cuando de repente, escucharon una voz muy seria que les decía "¡Todo o nada!" Los hombres, entre muy valientes y a la vez con miedo, se echaron algunas monedas en sus bolsas y salieron rápidamente de la cueva, tapando bien la entrada para solo ellos saber dónde quedaba. Pronto montaron sus caballos y se regresaron a sus casas. Pero al llegar, cuál fue la sorpresa de ellos al vaciarse las bolsas de lo que ellos creían ser monedas de oro, ¡y solo sacar tierra! Al oír esto, yo ya no pude contener mi emoción de ese misterio tan fantástico y me atreví a preguntar, "¿Pero por qué tierra? ¿Qué pasó con las monedas?" "Ahí te va, Joelito" me respondió Martita. "Se decía que el mismo ladrón, antes de morir, retó a grito abierto a quien encontrara su tesoro, 'si es que un día lo encuentren... ¡o se lo llevan todo de un jalón o nada, cabrones!' Entonces, la cueva con el tesoro se quedó embrujada cuando el tramposo murió."

"Y así fue, que cuando por fin dieron con el tesoro, nadie pudo cargar con todo a un tiempo y si se llevaban parte, ¡se les convertía en tierra al salir de la cueva!" "Y por qué no vamos nosotros a buscarlo," le pregunté yo. "Tú eres de Monterrey." "¡Anda, Joel! Han ido muchos y no han dado con él. Y hubo otros quienes nunca regresaron." "¡Ah, fregado!" le respondí. "¿Qué les pasaría?" "Ah," contestó Martita, "pues no se sabe si se perdieron en la sierra y se hayan muerto de hambre o por alguna herida, o si los mataron otros envidiosos quienes también buscaban el mismo tesoro. ¡O simplemente, se los llevaría el diablo por ambiciosos! Y, además, ¿para qué quisieras tú tanto dinero?" "Pues, ¿cómo que para qué?," le pregunté yo. "Para hacernos ricos y ya no tener que trabajar. Y comprar todas las cosas que se nos antojen." "¡Anda, cabroncito!" Me contestó. "Pobre no eres. Comes bien, te vistes bien, tienes cama donde dormir. Y más que nada, me tienes a mí y a tu familia que te rodea con amor. ¿Qué más quieres?" "Pues sí", le contesté, con el pico caído. "Tienes razón." "¡Claro que sí!" me dijo. "Pero si de veras quieres ser rico un día, estudia bien, saca buenos grados en la escuela y quizás ya de grande te conviertas en un gran hombre y ganes buena lana para que vivas mejor si es lo que quieres. Y así podrías decir que lo que tienes, fue por tu propio esfuerzo y no por el de otro y mucho menos, por exponerte a que te maten." Me dejó pensativo Martita. *Tiene razón* pensé. *Es mejor estudiar, trabajar y ganar mi propio dinero en vez de andar buscando los robos de otro...* Aunque muy profundo en mi ser, ¡yo percibía que también a Martita le hubiera gustado encontrar uno de esos tesoros!

Otra historia de tesoros que nos contó Martita se trataba de cuando vivían en los barrios de Monterrey, muchos años antes de yo nacer. Mi padre trabajaba como camionero y ganaba poco. Se decía que vivían pobremente, pero siempre había que comer, aunque limitado. Según las pláticas de mis hermanos mayores, la casa era muy antigua, de esas que le daban frente a la calle con la banqueta por encima, y el patio era de tierra con algunas plantas cerca de una noria de donde sacaban el agua que se utilizaba para el uso diario. "Esas plantas", decían mis hermanos quienes vivieron esa historia, "eran del mismo tipo que aún tiene mamá en su jardín. Muchas hierbas curativas como la menta, la ruda, la hierba anís, la albahaca y el epazote y otras." Al otro lado del patio, se encontraba el "escusado" lo cual era a donde iban hacer del baño. Este consistía en un poso en la tierra cubierto con un cuartito de madera. Toca que un día, mi papá madrugó con ganas de usarlo cuando de repente vio una llama en el patio. Al arrimarse, aquella desapareció y mi padre lo ignoró. Días después, se le volvió a aparecer la llamarada y le platicó a mi mamá lo que le ocurría. Ella pronto le informó que por cierto sería algún tesoro enterrado allí muchos años atrás. Pues nunca les dio por escarbar, pero sí llegó mi mamá a platicarle de lo sucedido a la dueña de la casa, quien se las rentaba. Esta señora, en pocos días, les pidió que la evacuaran porque ya no la quería rentar. Luego se supo que la dueña encontró dinero enterrado donde se le había dicho. Mi padre nunca perdonó a mi madre por haberle contado a la dueña y mi madre nunca lo perdonó a él por su miedo y flojera de nunca haber escarbado él y sacarlo. Años después justificaron lo ocurrido y su inacción, con decir que no había sido para ellos ese tesoro, le tocaba a otro.

Cuando llegué a escuchar esta anécdota por parte de mi mamá, le comenté con mucha frustración: "¡Qué lástima que no se movieron rápido en buscarlo! Quizás si lo hubieran hecho, hubieran encontrado algún tesoro y ahora no anduviéramos de pobretones en la labor." "Pero no" le seguí, "gente inepta que, en vez de armarse de valentía y moverse con ánimo, se agarraron del miedo y del chisme al platicarle al mundo de lo que experimentaban." "¡Anda, cabroncito!" me respondió. "Si hubieras andado tú allí, ¡te hubieras zurrado del miedo!" Y con esas palabras, decidí cortar la conversación y aceptar el dicho: "No les tocaba a ellos ese tesoro."

Las Dos Hermanas

Estábamos de visita con su hermana mayor, Goya. Ella vivía en un rancho en el estado de Tamaulipas, México. Mi tía era mujer de carácter fuerte, pero a la vez, tan hermosa como su hermana Marta. Muchos le temían, percibiendo que hablaba con mucho coraje y enojo, pero yo pronto me enamoré de ella también, entendiendo que eran mujeres sufridas. Sus vidas no fueron nada fáciles y por eso, habían criado ese carácter fuerte como defensa ante los abusos de la vida.

Pues una tarde, estaban las dos viejecitas, ya con más de setenta y tantos años cada una, platicando acerca de sus largas vidas, una en México y la otra en los Estados Unidos, o en el Norte come ellas acostumbraban a decir. No se daban cuenta, que, por mi proximidad a ellas, aunque no a la vista, podía escuchar lo que decían. Las dos se reían y cantaban recordando su niñez en su pueblo natal y las canciones que estaban de moda en aquellos tiempos. "Nada como las de ayer", dijo mi tía. "¡Hoy cantan de puras chingaderas y sinvergüenzadas!" "Así es", le confirmó mi madre. "En aquellos años", siguió diciendo, "nos perdíamos en la ilusión de las canciones que eran tan románticas. Aunque de nada nos sirvió. ¡Las dos quedamos bien jodidas con estos borrachos que nos tocaron! ¡Ja! ja! ¡ja!", las dos se reían en voz alta como si se hubiera contado el mejor chiste del mundo. De pronto, se puso muy seria mi tía, y le murmuró a mi mamá, "Oyes, Marta, ¿y no te hizo nada aquel cabrón?" Mi mamá como ya padecía de la sordera en un oído, se le arrimó para escucharle mejor. "¿Qué dices manita? Que no te entiendo." "¡¿Que si no te hizo nada aquel cabrón?!", le repitió, alzando su voz para que escuchara bien su hermana. Mi mamá contempló la pregunta un momento, procesando lo que había oído, y se le arrimó todavía más a su hermana diciéndole en voz baja, como si muy apenada por el secreto que iba a revelar, "Ay, madrecita. ¡No pasó nada! Ya no te preocupes tú por eso. Supe defenderme, ya lo sabes." "Pues sí, le contestó la tía, pero ya vez que dejaron a una toda traumada por tanta diabluría, que no se escapan los malos recuerdos tan fácil." "Pues sí", le contestó mi madre. "Quedamos traumadas por tanto abuso durante toda la vida. Quedamos huérfanas, nos repartieron a los tíos como si fuéramos animalitos de venta. Fueron duros con nosotros y al final, nos tocó la desgracia de casarnos con hombres ¡borrachos y mujeriegos! Pero te repito, tú descansa tu mente, nada pasó. ¡Pero sí te confieso que lo mandé a la chingada! ¡Le rayé la madre y le dije hasta de lo que se iba a morir él y su madre, el desgraciado!" "¡Bien hecho!" le contestó la tía. "Tú nunca fuiste dejada. Tan pronto que te hacían un daño, ¡los mandabas a la chingada! ¡Ja! ja! ¡ja!" Y así, terminaron las dos, riéndose y abrazándose con mucho afecto.

Habían confirmado de nuevo, el gran amor que se tenía la una para la otra. Eran dos hermanas de carácter fuerte, hechas así por las tempestades de la vida. Pero ganadoras, porque nunca se dieron por vencidas.

A los cuantos días, ya veníamos mi madre y yo de regreso a California. Cruzamos la frontera de Tamaulipas a Tejas y tanteaba yo que, en algunas treinta y seis horas, llegábamos a casa. Pero el camino no se nos hacía tan largo porque a mí me gustaba parar en lugares vistosos y turísticos para conocer y aprender algo nuevo acerca lo histórico de algún lugar, y para darle la misma oportunidad a ella. Pero a la vez, sí era mucho tiempo, lo cual nos permitía platicar y conectar como siempre en espíritu.

"¿Y de qué hablaban?", le pregunté a mi mamá. "¿De qué hablaba quién?" me respondió "Tú y mi tía," le contesté. "Las escuché platicando acerca de algo grave que les pasó en su juventud." "¡Ay, Joel!" respondió alarmada. "Tú siempre metiendo la cuchara donde no debes!" "Pues sí debo," le contesté. "Eres mi madre, y mi trabajo siempre ha sido el de cuidarte. Entiendo que hablamos de tu juventud, antes de que yo existiera, pero te hago la pregunta porque te amo y me causa tristeza saber que traes tanta pena en tu corazón por cosas que te pasaron en la vida. Al entender yo tus traumas, pudiera entenderte mejor y saber cómo ayudarte."

"Pues, mira, Joel, ya que me estás insistiendo" dijo ella. "De veras que yo hubiera preferido que no anduvieras de metiche, pero porque eres mi hijo y me haces la pregunta por un bien, te voy a decir. Cuando tu tía se casó, se vino a Tejas a trabajar junto con su esposo en el desraíce de árboles en el Rancho del Chapeño. Apenas se desarrollaba ese rancho, y tu tía fue de las primeras personas que llegaron a limpiar el monte para las labores de algodón que empezaban a sembrar y en preparación para el pueblito que se fundaba. Muy pronto salió embarazada y cuando menos supo, ya tenía dos chiquillos a quien atender. La necesidad era muy grande en esos tiempos y ella necesitaba trabajar para ayudarle a su esposo con los gastos de la familia. En una vuelta que se dio a nuestro pueblo me invitó a que me regresara con ella para que yo le cuidara los niños mientras ella trabajaba. Ella tendría algunos diecisiete años y yo apenas cumplía los trece. Me vine con ella y le ayudé en lo que pude. Desgraciadamente, su esposo se quiso poner muy listo conmigo y empezó a insinuarme cosas acerca de la intimidad. Yo luchaba contra sus avances mas él insistía. Le platicaba yo a mi hermana y ella se preocupaba mucho por mí y se peleaba con él. Él, todo lo negaba y decía que las dos estábamos locas. Pues un día, allí en ese mismo rancho, conocí a tu papá. Él tenía diecisiete años. Nos conocimos, nos caímos bien, y me ofreció matrimonio. Siendo que yo ya no encontraba otra salida con el demonio que tenía en casa de mi hermana, me fui con él. Pero ¡nos queríamos, eh! Sí, me gustó tu papá. Era un muchacho muy bueno, y, a mí, ¡se me hacía guapo! Toda mi gente se encabronó conmigo, por haber hecho aquello. No lo querían porque no era de nuestro rancho y porque no conocían a sus antepasados. A mí me importó madre. Me escapé de aquel infierno y fui feliz con él".

"Entonces" le pregunté yo "¿No te hizo nada el tío?" "¡Nada!", me contestó. "Pero solo porque yo supe defenderme y ¡lo mandé a la jodida!" "Válgame", respondí yo. "Cuánta chinga te ha tocado en la vida". "Así es, Joelito. Pero, aunque me ha tocado mucho sufrimiento emocional, Dios nunca me ha abandonado. Siempre me ha guardado en buena salud y me dio una buena familia. Todos ustedes son hijos buenos. He sido dura con ustedes porque los quiero. De otra manera, ni me importara lo que hicieran. Y contigo, he sido quizás más dura porque tú llevas el don de amor hacia todos y tengo que protegerte del chamuco. Ese sólo busca tumbar lo que Dios edificó". "Está bien", le dije. "Gracias por compartir un capítulo triste de tu vida. Lo guardaré en mi corazón como aprendizaje de lo que has sufrido tú como mujer por el abuso del machismo. Trataré de ser un buen hombre en mi vida y protegeré siempre al espíritu femenino". "¡Ándale!" Me contestó. "Pórtate bien siempre con todos, y sé especialmente bueno con la mujer, para que Dios obre en ti".

Capítulo « 6 »

Su Carácter Único

◆

La Cita Con El Médico

En relación con las enfermedades, Martita era un ser muy complejo. Se quejaba de las dolencias, pero nunca se daba por vencida. Siempre las tomaba como un recordatorio de que nuestra vida es prestada, viene con muchas complicaciones y que nadie sabe la hora en que se nos llamará al cielo. Cada una de sus dolencias era aclamación al ser supremo, "¡Ay Dios mío!, solo tú sabes por qué me tienes aquí y por qué me mandas estos dolores. Si es que alguien está sufriendo mucho en el mundo ahorita y me estás repartiendo una partecita de su dolor para que no sufra tanto esa persona, que así sea. No me quejo. Estoy para lo que tú me mandes. ¡Pero no la friegues, Señor! De perdido ponme una buena yerbita en el camino para hacerme un té y relajarme". Y así, Martita hacía trato con Dios. Que Él le pusiera algún remedio en su camino y ella en agradecimiento, lo iba a compartir con quien lo necesitara también. Y de tal manera Martita se convirtió en la doctora comunitaria. A veces llegaban sus amistades o algún desconocido, quejándose de algún dolor y preguntándole que si no tendría algún remedio, algún té que le recomendara para calmarlo. Ella siempre complacía, explicándoles acerca de la esencia curativa de alguna hierba que les daba, pero advirtiéndoles que "no le digan a Joel porque luego me regaña." No es que yo la regañara, sino que le advertía que tuviera cuidado. "No vaya a ser que se ponga peor la persona y luego te echen a ti la culpa." "Ay, Joel", me decía. "Qué hombre de tan poca fe."

Hubo una ocasión cuando Martita se sentía un poco malita y se quejaba del cansancio. Siendo que ella siempre fue muy expresiva y a veces "pensaba" en voz alta, yo no sabía si sus quejas del momento eran algo serio o sólo que ella estaba autoprocesando algún dolor pasajero. Pero a los dos tres días de escuchar la misma queja me preocupé e insistí en llevarla al doctor. "¡Ay no!", respondió. "¿Qué puede hacer el Doctor? Si ya se me llega la hora, pues déjame irme en paz. Para qué te andas preocupando por esas cosas". "¡No!" le insistí. "Sí te voy a llevar, para ver qué opina él. Quizás necesites algunas vitaminas solamente y no sea algo tan serio". Lo pensó un momento y respondió, "¡Ah, pues sí! A lo mejor eso sea todo, que necesito vitaminas". *Bueno*, pensé, *de perdido ya conquisté su rebeldía por el momento, ya la convencí.*

Al siguiente día la llevé al doctor y después de checarla, nos aconsejó que su deseo era hospitalizarla de perdido un día o dos para hacerle una revisión más profunda y así asegurar que no fuera algo serio. "¡Santo Señor!", aclamó Martita. "¡Dizque quedarme en el hospital! A lo mejor sí me estoy muriendo y no me quieren decir". "Ay mamá", le contesté, "No ha de ser algo grave. El doctor solo quiere asegurarse de que sí estás bien y quiere hacerte unos estudios más profundos". "¡Ay no!", respondió. "Estos cabroncitos doctores así empiezan; con que no tiene uno nada y al final, ¡te hallan todos los males del mundo! Y eso que les gusta esculcarle a uno por todos lados, sin considerar la vergüenza que uno siente, ¡ay no!". Y en ese momento, yo me apené y me avergoncé por tanta imagen fea que Martita me metía en la mente sin saberlo. Imágenes de los doctores examinándole todos los orificios del cuerpo en búsqueda de algún mal. Pues, en fin, nos pusimos de acuerdo con el doctor y se llevaron a mi madre al hospital; ella un poco nerviosa por el acontecimiento nuevo y por la probabilidad de que le esculcaran por todos lados, yo más nervioso por el miedo de que fueran a encontrarle algún mal serio.

Al final del día, todos sus hijos y prospectivas familias se habían enterado de la hospitalización de Martita. Todos se quedaron sorprendidos porque sabíamos que ella no era de tipo tan enfermiza para fácilmente dejar ser admitida como paciente en un hospital. Sabíamos que se quejaba de sus dolores durante su vida, pero la veíamos en buen estado y pensábamos que quizás eran exageraciones. Por esa razón empezaron un desfile al ir a visitar a la gran dama donde se encontraba. Al verla acostada en una camilla, varios se pusieron tristes y lloraban ya que nunca se imaginaban verla en esas condiciones. "¡Válgame Dios!" exclamó ella. "¡Todavía no me muero, hijos de mi alma! Solo estoy aquí por un chequeo. Pregúntenle a Joel. Él todo lo sabe". Y yo, en esos momentos, mordiéndome la lengua para no soltar ni una lágrima ya que ella confiaba en que, si yo estaba allí, todo tendría que salir bien. Para ese entonces, Martita y yo ya habíamos formado un pacto mudo de confianza total. Ella era mi sábana de seguridad y yo la suya. Mientras me miraba cerca, confiaba en que todo iba a salir bien. ¡Cuánta presión emocional para un joven de unos veintidós años!

Pues al siguiente día, me fui del hospital rumbo a mi empleo después de asegurarme de que dos de mis hermanos la acompañarían durante el día mientras yo regresara. Les supliqué que estuvieran al tanto de los exámenes que el doctor le hiciera y que le hicieran preguntas acerca de los detalles para que se lo explicaran a Martita, ya que ella no hablaba inglés y ni les iba a entender a los médicos si hablaban directamente con ella. Esa tarde llegué corriendo para estar con la mujer más bella del mundo en esos momentos que yo me imaginaba tan difíciles para ella. La encontré sola en su camita tejiendo con unos hilos de colores muy vivos que yo le había traído para que se entretuviera mientras estaba en ese lugar. Al verme, exclamó, "¡Ah, ya llegaste mijo! Ya se me hacía que me habías olvidado y te habías ido de locote con los amigos". "¡Increíble!", le respondí, "que estés pensando en esas cosas en vez de estar en oración para que me fuera bien en este día y en el camino rumbo aquí." "¡Eso sí!", me contestó. "Yo siempre te tengo en mis oraciones más profundas. A cada momento le pido al Padre Celestial que te cuide por donde quiera que andes y que te proteja de los malos caminos." ¡Psicóloga!, pensé yo. Martita hubiera sido una muy buena psicóloga. Tenía una buena manera para redirigir ciertas pláticas conmigo y así evitar confrontaciones innecesarias.

"¿Y cómo va todo?", le pregunté. "¿Qué dice el doctor?" "¡Anda cállate!", me respondió. "¡No dice nada! Ahí se la pasa solo haciéndose menso, escribiendo tanta cosa en un librito, que no dudo, han de ser notas de amor para las novias." "¡Mamá!", no digas eso. "Ellos son profesionales y se preocupan mucho por sus pacientes." "¡Anda!", me repitió. "¡No los creas tan santos!" En ese momento se le arrimó la enfermera del salón para acomodarle su almohada y preguntarle que si todo estaba bien. "¿Qué dice?", me preguntó Martita. "Que si todo está bien contigo" "Mira, a qué buenas horas se acuerda de mí." "Pregúntale que dónde ha estado en todo el día. Ya no más te vieron entrar y ahí andan de muy acomedidas." "¡Mamá!", le repetí. "Por favor" Y en eso, la enfermera le preguntó acerca de su tejido. "Pregunta que qué tejes". "Estoy haciendo puros mugreros", respondió Martita. "Ni creas que sé tejer. Lo hago solo para entretenerme". Entonces, la enfermera le hizo otra pregunta, "¿Sabe hacer fundas? Dile que me encantaría que me hiciera unas a mí." "¿Qué dice?" "Que le encantaría que le hicieras unas fundas." "¿Unas fundas? ¿Y cuánto me va a pagar por ellas?" "¡Mamá! Yo me imagino que ha de querer que se las regales." "¡Regaladas! ¡Anda! Dile que mejor se vaya a conseguirlas en la tienda y que por ahora se preocupe por la salud de sus pacientes y no por lo que le puedan regalar, ¡Mira, esta! ¡Yo aquí muriéndome de solo Dios sabe qué enfermedad, y ella pidiendo de mi labor gratis!" Yo, apenado, le expliqué a la enfermera que mi mamá no sabía tejer bien, solo lo hacía para entretenerse, pero que agradecía sus atenciones hacia ella. La enfermera le sonrió y se alejó. "¿Y le dijiste todo lo que te dije que le dijeras?", me preguntó. "Sí," le respondí. "Mentiras", me contestó. "¿Y cómo sabes?", le pregunté. "Porque te estuve viendo la cara, y vi que te apenabas en lo que decías, y percibí que le has de haber dicho una de dos cosas; que hablé maravillas de ella, ¡o! que estoy loca y que hablo puras tonterías." Por el momento, me quedé asombrado de nuevo de la psicología que Martita usaba.

"Bueno", le pregunté, "¿y los muchachos?" refiriéndome a mis hermanos. "¿Dónde están? Me prometieron que iban a estar aquí contigo todo el día." "Anda, mijo, no tienen el aguante tuyo. Luego-luego se cansan los pobres, y se aburren de estar aquí encerrados solo mirándome. Los mandé a buscarme un café. Y salieron corriendo los dos." "¡Mira nomás!", le respondí. "¡Qué chingones! Y te dejaron sola." "¡No, mijo! Aquí han estado toda la tarde. Solo que el Doctor está un poco chisqueado." "¿Por qué chisqueado?", le pregunté. "Pues crees, que hay andaba como menso, revisándome el colchón y preguntándome que si era mi cumpleaños para traerme globos." "¿Globos?" le pregunté. "¿Tu cumpleaños?" "¿Y por qué esas preguntas tan raras?" "Te digo, mijo, que no ha de estar muy completo el hombre. Bueno, pobrecito, de perdido le anda haciendo la lucha a su trabajo." Yo me quedé en un estado de completa confusión acerca de los hechos del doctor. En ese momento, entran mis dos hermanos a la sala y detrasito de ellos, el doctor.

Con preocupación, me le arrimé al doctor y le pregunté acera de la salud de mi mamá. "Pues los resultados todos bien", me dijo, "solo unas cositas raras acerca de sus pensamientos e ideas." "Vaya, ¿cómo cuales?", le pregunté. "Pues no sé si estaría delirando" me dijo, "o si sean los principios de alzhéimer". "Decía algo acerca de su colchón y algunos globos." Al estar él explicándome los acontecimientos, uno de mis hermanos saltó para aclarar. "No, es que mamá quería que le dijéramos al doctor que le checara la matriz y la vejiga ya que la tenían aquí. Y ninguno de los dos supimos cómo decírselo en inglés. I mean, nosotros no somos traductores oficiales." "¡Santo Señor!", murmuré yo. "¿Y qué le dijeron al Doctor?" "Pues ahí entre los dos decidimos que la palabra para matriz tendría que ser 'mattress' y para la vejiga, pues, 'balloon'." "¡Santo Dios!" exclamé. "¡Con razón el doctor está pensando que mamá no está bien, cuando los que andan bien mal son ustedes! ¡Y ya señores maduros! ¡Increíble!" Yo tocándome la cabeza, asombrado de lo que oía, y mis pobres hermanos avergonzados de la gran confusión que habían causado. También sentí enojo al pensar que juzgaban a mi madre como loca, siendo que ella era la inocente en esta comedia.

Martita siempre al tanto de lo que estaba pasando y al ver mi inconformidad, me dijo, "Ay, Joel. No te enojes con ellos. Ellos no saben de esas cosas. Mejor me hubiera quedado yo con la boca cerrada para no confundirlos a ellos." "¡Santo Señor!" volví a exclamar. "Y tú defendiéndoles esas tonterías. ¿Qué tal si te hubieran llevado al salón de los locos?", le pregunté. "Anda, Joel, ¿qué me hubiera pasado?", respondió. "Que al cabo ¿cuánto me ha de faltar para llegar allí? Hasta la fecha, loca no estoy porque Dios es muy grande. ¿Pero tan pronto que se canse de mí? ¡Allí me hallarás en ese salón con los chisqueados!"

Al final de ese episodio, pude verlos a todos con el amor que siempre he sentido por ellos. Entendí que nosotros somos Pochos y nuestro idioma español varía un poco de lo correcto. No fuimos educados en México y nuestros padres eran gente pobre, tampoco sin mucha educación formal. Entonces nuestra manera de hablar es un poco diferente, una mala mezcla de un español limitado con el inglés. Recordé que como Pochos, nosotros inventamos palabras fácilmente al mezclar los dos idiomas. Entendí. No era toda la culpa de mis hermanos. Era algo circunstancial. Para nosotros la palabra balloon en inglés, la traducíamos a "vejiga" en español. Y aunque la palabra "mattress" significa colchón en inglés, a mis hermanos se les hizo fácil imponerlo por la palabra matriz, ya que suenan parecidas. Al fin, los cuatro nos reíamos del escándalo que se causó, y el doctor encantado de que todo había salido a luz y que Martita no estaba loca. Quizás su segundo pensamiento fue que los hijos de Martita eran los que necesitaban atención especial. A Martita se le dio de alta de ese hospital y salió encantada porque no tenía nada serio, solo sus achaques y un cansancio normal. Bendito Dios.

Hubo otra experiencia con mi madre y otro médico en mi preadolescencia. Tendría yo unos doce años, cuando me pidió que le acompañara con un nuevo doctor quien tenía su oficina en el pueblo de McFarland, una pequeña ciudad muy cerca de Wasco. "Quiero que me acompañes", me dijo, "para que me interpretes con el doctor". En esos años, no existía mucho empleado de oficina tal como la de los doctores que hablara español. La gente se valía de sus hijos y así se hacían entender lo mejor que podían. "¿Y yo qué sé de doctores?", le pregunté. "Soy apenas un muchacho sin experiencia como tú misma me lo has dicho en ocasión". "¡Ándale, Joel!" me contestó. "No pongas pretextos, te necesito". Yo, en fin, el hijo obediente, le acompañé esa mañana a su cita con el doctor. Tan pronto que se presentó con la recepcionista, se le dio un formulario para que llenara con su información personal, el cual me lo pasó a mí. Aunque se me hacía difícil, le traduje las preguntas en voz alta y ella me contestaba. Luego, yo llenaba el formulario en inglés. "Ni creas que sé lo que estoy haciendo", le aseguraba yo. "Ni tampoco creas que escribo muy bien". "¡Anda!", me dijo, "tú hablas y escribes inglés. Y además eres muy inteligente. Quizás el más inteligente de todos". Y al oír esas palabras tan animadoras, le entré a mi papel de intérprete con mucho ánimo, haciéndome creer que sí sabía, e hice lo mejor que pude. Nunca me imaginaba que lo peor estaba por llegar.

Al ser llamada a la oficina del doctor, mi madre me agarró de la mano y me llevó con ella. Yo, siendo que le tenía un gran miedo a los doctores y las inyecciones, me oponía a acompañarla prometiéndole que allí en el salón de entrada la esperaría. "No", me dijo. "¿Qué tal si no le entiendo al doctor y él no me entiende a mí? Vamos." Y así entramos con el doctor, quien era un señor gringo muy amable y sonriente. ¿Tú? me preguntó. "¿Eres su intérprete?" "Sí", le respondí. "Soy su hijo." "Pero eres un chiquillo" dijo él. "Sí" le contesté. "Pero ella no tiene a nadie más que lo haga." "¡Ah! Qué bien", me respondió. "¡Entonces tú eres su trabajador social!" Yo solo le sonreí siendo que no entendía el significado de esa frase. "Bueno", continuó, "primero pregúntale que si ella te está dando permiso de hablar por ella." "Que si tú me das permiso de hablar por ti", le dije a mi madre. "¿Qué?" preguntó ella. "Pues, ¿qué no te traigo aquí? Qué pregunta tan inútil. A lo mejor no está muy completo el doctor", me dijo. "¡Mamá!" le respondí. "A lo mejor te entiende. Contesta la pregunta." "Sí", me respondió, un poco indignada. "Te doy permiso de ser mi voz." Y así continuamos con las preguntas del doctor, yo muriéndome de nervios porque no quería estar allí. En esto, el doctor hace una pregunta muy rara la cual no entendí. "¿De qué color defeca?" Yo, confundido, le dije, "no entiendo tu pregunta." El doctor, sorprendido y viendo mi incomodidad, me dice en palabras más simples, "es que necesito saber de qué color es cuando hace del baño." En un instante entendí la pregunta, la cual yo consideraba muy personal y de mucha vergüenza. *¡Señor!* pensaba yo. *¡Sácame de aquí en este instante! ¡Yo no quiero preguntarle eso a mi mamá y no quiero saber de qué color hace del baño!* Mi mamá, viendo mi estado de incomodidad, me preguntó, "¿qué te pasa, Joel? ¿Qué quiere saber el doctor?" "Ay..." le dije. "Me da mucha vergüenza decírtelo." "¿Pero por qué?, me respondió. "Eres mi hijo, yo soy tu madre. No te dé pena. ¿Qué quiere saber el doctor?" "Pues..." empecé a decirle en voz baja, "Quiere sabe que de qué color es cuando haces del baño." "¡Ah!", dijo ella. "¡¿Quiere saber de qué color es mi caca?!"*¡Santo Dios!*, gritaba yo en silencio. "Pues déjame decirte" continuó. Yo, estaba que me moría de vergüenza hasta que el mismo doctor me tocó el hombro y me dijo "eres un buen y valiente hijo. No cualquiera se pondría en tu lugar." *Ni yo,* pensaba yo. *Solo que me traen a huevo.* Y mi mamá, ya indignada por mi inseguridad me dijo. "¡Válgame, Joel, no te apenes! ¡Estamos hablando de hacer caca! ¡Todos hacemos caca! Yo hago caca, tú haces caca, el doctor hace caca. No es cosa del otro mundo", me insistió. "Sí, está bien", le contesté, totalmente indignado también. "Ya no me digas nada."

Terminamos con esa visita del doctor y me juré jamás acompañarla a ese tipo de cita. Ni aunque me trate de engañar, pensé yo. Yo no vuelvo, ni quiero ser jamás un trabajador social. Salí, tan apenado porque de veras que nunca me imaginé tener que hacerle tal pregunta a mi madre, ¡y nunca en mi vida quería saber de qué color era su caca!

La Curandera

Toca que Martita era muy buena curandera. Toda mi vida la vi preparando algún remedio u otro para ofrecerle a la gente que la buscaba, quejándose de problemas de salud. Su jardín no solo estaba lleno de las flores más animadas y coloridas de la vecindad sino también se encontraba repleto de plantas curativas o "hierbas" como ella les llamaba. Tenía, entre muchas otras, Romero, Albahaca, Zacate de Limón, Ruda, Yerba Buena, Cola de Caballo, Epazote, Estafiate, Manzanilla, Salvia, Sábila, y Yerba Anís. "Las más olorosas", decía, "son las más poderosas".

Venían a buscarla las señoras de la comunidad latina cuando sus hijos pequeños padecían de algún mal de estómago tal como el empacho, o del susto por algún trauma que habían experimentado. "¡Ay, Martita!" le decían cuando la encontraban. "Tengo un muchacho muy malo del estómago y no quiere comer. Ya tiene días y no se compone." "¡Válgame Dios!", respondió en una ocasión, "¿y por qué no lo llevas con el doctor?" "Pues sí lo llevé Martita, pero de nada sirvió. Dicen que no tiene nada." "¡Santo Dios!" respondió de nuevo. "Pues vamos a tu casa, y allí te lo curo del empacho, eso ha de ser lo que trae." "Sí, Martita, ¡gracias!" Y juntas corrieron hacia la casa de la mujer y allí, como en muchas ocasiones, hacía Martita los milagros de Dios. Lo digo así, porque Martita era muy humilde en eso. Cuando le daban las gracias por el "milagro" de haber sanado a algún niño, ella pronto respondía, "¡No fui yo, fue Dios! Él es el de los milagros. A mí solo me usó para hacer su trabajo". Y cuando trataban de pagarle, su respuesta casi siempre era, "por las cosas de Dios no se cobra. Mejor llévale una ofrenda a Él cuando vayas a la iglesia, ¡y no seas tacaña con Dios! ¡Dale lo más que puedas! ¡Pero que no se te olvide! No vaya a ser que Él también se olvide de ti." Las mujeres encantadas con la manera de Martita le respondían en positivo y cerraban el trato con un "que Dios la bendiga, Martita." Y ella se quedaba con una cara recontentísima porque Dios le había dado otra oportunidad de servir al prójimo de nuevo.

En otras ocasiones, le traían los niños a nuestra casa y era allí donde yo veía a primera mano a Martita la Curandera, haciendo su trabajo. Pero de antemano, ella tenía la costumbre de "limpiar" su casa de "las malas influencias" decía ella. Primero se encomendaba en el nombre de Dios y luego recorría por toda la casa echando agua bendita o agua de romero por todos los cuartos, ya fueran las recámaras, el baño, la cocina, la sala. Yo la oía murmurando sus rezos que siempre empezaban con el Padre Nuestro. Habían veces en que yo me quejaba por tanto espectáculo que le metía y por el aguacero que dejaba por toda la casa, y al pasar cerca de mí, me echaba una salpicadura de agua diciendo "a ti también, para que se te salgan los chamucos que te atacan." En un caso, cuando me entró la rebeldía, siendo que ya era un adolescente, le contesté "A lo mejor los chamucos son los que metes tú con tanta diablura que andas haciendo." Y Martita nunca se daba por vencida: "¿ah sí, cabroncito?" (yo sabía que las maldiciones de Martita hacia mí, me las aventaba con mucho amor) "¡Mira nomás! ¡Algún día, Joelito, te acordarás de mí! Solo le pido a Dios que no sea muy duro contigo por tu rebeldía de hoy. Sé que eres un buen muchacho y muy buen hijo. Ahorita no entiendes estas cosas, pero un día me buscarás para ayudarte con alguna diablura que te quieran hacer y quizás ya no me encontrarás. Así es mejor que pongas atención a lo que hago y sepas por qué lo hago, y, más importante, aprendas hacerlo tú también para protegerte del mal que hay en el mundo". "¡Ay no!" Le contesté yo. "¡Ni lo mande Dios! En dado caso, yo mejor me voy a meter a la iglesia y allí que me proteja Dios". "¡Ándale, sí!" me dijo. "Y allí te encierras por toda tu vida con los Santos. Porque solo así no tendrás que moverte ni hacer nada por ti mismo ni por el prójimo, solo estar de rodillas día y noche pidiéndole a Dios favor, y que las tormentas de la vida pasen por ti, y tú, ni en cuenta. Aunque no sería mala idea, ya que lo pienso bien, que pases tus días de rodillas orando…" Pronto me imaginé estar encerrado por vida en una iglesia iluminada solo por las veladoras y hablando con las imágenes mudas de los Santos mientras la vida me pasaba y reaccioné al consejo de mi madre. Instantáneamente, cambió mi sentido de humor y le presté atención. Y de nuevo, me encontré mistificado con su sabiduría en acción. De ella salía mucho amor apasionado hacia al mundo. Y sus fuertes palabras que utilizaba contra mí, solo eran consecuencia de su crianza, la cual había sido un poco dura, y en resumidas cuentas, para mi bien.

¡El Milagroso Alcohol Con La Marihuana!

En otra ocasión, andaba Martita con las dolencias de cuerpo y entre los remedios que conocía, estaba el milagroso ¡alcohol con marihuana! Ese día se encontraba solo con el alcohol a mano y muy apurada. "Válgame, mamá" le dije. "Úntate solamente el alcohol. ¿Cómo es posible que lo quieras con marihuana?" "Es que la marihuana es medicinal", me contestó. "Ya lo sé por experiencia." "¡Santo, Señor!" le respondí. "¡Marihuana! ¿A poco la has fumado?" Me quedé asustado al pensar que mi madre le pudiera haber hecho a la marihuana en otros tiempos o que la hubiera tenido almacenada en nuestra casa sin yo saberlo. "¡Anda, Joel!" me contestó. "¡Cómo eres ingrato! Cómo vas a creer que yo ande de "marihuana" como los drogadictos de la calle. Yo sólo la uso en el alcohol. ¡Y es muy buena, eh!" "Ay no", le respondí. "Qué increíble, que mi propia madre, ya grande en edad, le ande haciendo a esas cosas. Y tanto que me das el consejo de que no vaya a andar yo de cabrón en la calle con las malas compañías. ¡Mamá! Tienes que entender que el uso de marihuana no es bueno y, además, ¡es contra la ley!" "¡Ay, Joelito! Si te la fumas, quizás sí sea mala. Pero úntartela con alcohol, es medicinal para los dolores del cuerpo. Y, en fin, ¡ya mejor cállate! ¡No vaya a ser que también me empiece a doler la cabeza por tu insistencia y luego sí tenga que buscarla para fumármela! ¡Ja! ¡Ja! ¡Ja!" Martita se quedó muy contenta por la buena broma que se había echado y yo muy molesto al imaginarme a Martita, mi madre, con un toque en la boca, inhalando marihuana… ¡Santo Señor!

Pues a los cuantos días, Martita se encontraba en El Campo con su mercancía. Andaba de casa en casa, visitando, platicando con sus amistades y promoviendo sus productos. Toca que en esa ocasión se acordó de sus dolores y su necesidad de la marihuana para el alcohol. "Oyes, madrecita", le preguntó a la señora con quien estaba. "¿No tendrás una tantita de marihuana a la mano que me vendas?" La señora, muy asombrada por la bravata de Martita, le contestó. "¿Marihuana, Martita? ¡Ay no! De eso no hay aquí." Martita notando a su conocida media incómoda, le dice, "no te preocupes, la busco para ponerle al alcohol, ya ves que es medicinal." "¡Ay Martita!", respondió la señora, "por qué no va mejor con el médico, a ver qué medicina le receta para sus dolores" "¡Anda, mujer!" le contestó. "Hay veces esos doctores no sirven pa' nada, solo pa' sacarle a la gente el poco dinero que trae." "Ay, Martita", continuó la señora. "Quién quite y más adelante encuentre quien tenga y la venda."

Y así se la pasó mi madre esa tarde, de casa en casa. Y donde ella se sentía con confianza con las señoras, les preguntaba por la elusiva marihuana, hasta que llegó a un hogar donde se le informó que los vecinos trataban con eso. "Pero tenga cuidado, Martita", le advirtió la señora. "Ellos venden droga y entre la droga, pues va la marihuana. ¡No se vayan a enojar con usted por pedirles y la vayan a matar!" "¡Válgame!" contestó Martita. "Ni que me la fuera a robar. Yo la quiero comprar." Y muy animada se fue a la casa indicada y tocó a la puerta. Contestó la señora del hogar y se saludaron. "Buenas tardes señora, ¿cómo está? Sabe, ando vendiendo productos y vengo a ofrecerle, a ver si se anima a comprarme algo." "Pues pásele", le contestó la señora. "¿A ver, qué trae?" Y la señora acompañada por su esposo se sentaron para ver la variedad que Martita vendía incluyendo perfumes de dama y caballero. Pues le metió Martita a su movida de vendedora y logró alguna venta. Pero antes de alejarse, le preguntó muy casualmente al hombre, "Oyes, mijo, ¿no tendrás una poquita de marihuana que me vendas?" El señor, pasmado y un poco incómodo, le contestó. "¿Marihuana? Oiga, señora, ¿y por qué me pregunta por eso a mí? Yo no soy hombre malo." "¡Ay mijo!", le contestó ella. "No te asustes. No soy la policía. Solo que la busco para echarle al alcohol. Es muy buena para los dolores y últimamente, he andado muy adolorida, ya ves, mijo, los años." "Pues no tengo," le dijo el hombre. "¿Pero por qué me la pide a mí?" "¡Ah!" le dijo Martita. "Es que los vecinos me dijeron que tú la vendías." "¡¿Qué?!" le contestó él. "No señora, esas son mentiras, yo no vendo droga. Lo siento." Y Martita, muy valiente, le contestó tocándole el brazo, "ándale pues, mijo. Gracias por lo que me compraste. Te lo agradezco de todo corazón y que Dios te bendiga. Y discúlpame si te ofendí por lo que te pedí. Es que ando con los dolores del cuerpo y un poco desesperada. Si acaso conoces quien la tenga, me los mandas." Yo vivo en el callejón detrás del "Cleaners" (tintorería) allá en el centro". "Sí, señora," le dijo él. "Si sé de alguien quien la tenga, yo les aviso de usted. Dios le bendiga a usted también." Y salió Martita feliz por sus buenas ventas y triste por no haber encontrado el remedio para sus dolores. Agarró camino rumbo a su domicilio.

Pues toca que esa tarde yo estaba en casa cuando llegó Martita de su chamba. "¿Cómo te fue?", le pregunté. "Bien," me contestó. Y procedió en platicarme cómo la había pasado con sus ventas en El Campo. Mas salió en su plática el tema de la marihuana y lo ocurrido. "¡Santo Señor!" le dije. "¡¿Cómo es posible que andes tú tocando en casas desconocidas, pidiendo marihuana?!" "¡Mamá!" le seguí, "¡No te vayas a estar chisqueando! Peligro que te den un balazo por andar acusando a la gente de vender drogas. ¡Y peor todavía! Dizque haberles dado tu domicilio!" "¡Anda, Joel!" me respondió. "Yo no acuso a nadie. Solo que me dijeron que allí la vendían y fui a comprar. Mas no tenía el señor." ¡Ay no!" contesté yo. "Quizás no fue que no tuviera, sino que le dio miedo que una anciana venga a pedírsela. ¡Imagínate, él pensando que alguien le puso el dedo! Y tú notificándole que los vecinos te lo dijeron, ¡Santo Dios!" Entonces me respondió, ya enojada conmigo "¡Ya mejor cállate! El que no está bien eres tú. Te imaginas cosas que no son. ¡Así es que el chisqueado a lo mejor eres tú! Y si me matan, ¿qué tiene? Al cabo ya he vivido muchos años." Y con esa respuesta, pues yo me quedé sin más palabras que ofrecerle. A mi madre, no le ganaban. Ella siempre tenía la última palabra. Y por el gran respeto que uno le tenía, nos callábamos sus hijos.

A los dos o tres días, llegué de la escuela y encontré a mi madre muy contenta. "¿Qué pasa?" le pregunté. "¿Por qué tan alegre?" "¡Anda!" me dijo. "¡Ni te imaginas! ¡Pues por fin logré encontrar la marihuana para el alcohol y me la unté temprano, y mira! Los dolores ya se me van disminuyendo." "¡La marihuana otra vez!" le dije. "¿Y dónde la encontraste?" "¡Ah!" me dijo, "ahora sí que eso no te voy a decir para que no te enojes. Porque luego le metes mucha emoción." *¡Ay Dios!* pensé entre mí. *O me quedo callado y aquí que muera el tema o le sigo para saber y entender.* Pues insistí en que me aclarara acerca de la misteriosa llegada de la marihuana y me lo contó…

"Pues, crees, estaba yo aquí sola haciendo mi quehacer cuando vi llegar un carro extraño. Me tocó un señor la puerta y preguntó por doña Martita. 'Soy yo', le dije. '¿En qué le puedo servir?' 'Ah, disculpe señora, es que me avisó un conocido que usted se encontraba un poco enferma y necesitada de la hierba. Aquí se la traigo'. '¿Cuál hierba?" preguntó ella. "La marihuana", le contestó él. "¡Ay, hijo de mi alma!" respondió Martita con mucha emoción, tomándola en sus manos. "¡Gracias! ¿Cuánto te debo?" "No señora, es un regalo para usted." "¿De veras?," preguntó ella. "Ay mijo, pues de perdido pásate a tomarte una taza de café." "Se lo agradezco, señora, pero llevo prisa." "Ay, pues gracias,", le dijo ella. "Que Dios te lo multiplique mil veces, mijo. Te mantendré en mis oraciones. Y, ya sabes, si algún día traes algún dolor de cuerpo, ven aquí, y yo te doy una sobada con el milagroso alcohol." El hombre, a quien yo me imaginé entre asombrado y agradecido de que la señora Martita, ya grande en edad y muy bien conocida por todo El Campo, le estuviera llamando hijo, echándole la bendición de Dios y prometiendo orar por él y atenderlo si se enfermase, se alejó.

Al escuchar este antecedente, yo me quedé, pues, muy asombrado y asustado a la vez. Duré días, viendo hacia fuera por las ventanas de mi casa esperando que en cualquier momento llegaran los drogadictos y vendedores de drogas a matarnos. Nunca llegó ese día. Unos meses más adelante, me dijo un conocido escolar que vivía en El Campo, que a Martita la quería mucho la gente de allí y que en El Campo, hasta los vendedores de drogas le tenían mucho respeto. Yo… me quedé mudo.

La Quincena

Durante varios meses, yo veía que los vecinos habían criado un rito muy interesante. Cada primero y quince del mes, mandaban traer pollo frito o hamburguesas con papas francesas y comían bien rico, como si estuvieran de fiesta. Me mistificaba ese detalle de sus vidas por no saber el por qué sólo en esos días, ni de dónde sacaban el dinero para esos banquetes que tendrían que ser muy costosos para una familia tan grande como la de ellos. Para nosotros, era rara ocasión que hubiera dinero para comprar tales lujos. "No hay necesidad", decía mi mamá, "de andar gastando el poco dinero que tenemos en comida de la calle cuando podemos prepararla aquí en casa. Pues sí, le retaba yo, pero sabe más sabrosa la comida de la calle". "Pues ya cuando te hagas rico Joel" me dijo en una ocasión, "¡nos invitas a algún restaurante de tu gusto y comeremos de todo!" Yo en frustración, me callé.

Pues un día, al ver que los vecinos entraban a su casa por la tarde con bolsas de comida de la calle, me armé de ánimo y decidí ir a visitarlos para investigar el asunto. Bueno, por lo menos ir a visitar a mi amigo quien formaba parte de esa familia. Yo quería entender esta misteriosa cena que ocurría cada primer y quinceavo día del mes. Al caminar rumbo a su casa, pensaba yo, *si me llegan a ofrecer algún bocado, les voy a decir "no gracias, yo ya comí y estoy muy lleno." Aunque sea mentira,* seguí pensando, *pero no voy a limosnear.* Pues toqué a la puerta y por suerte fue mi amigo quien contestó. "Joel", me dijo. "Apenas vamos a cenar. Al rato salgo para juntarnos y platicar". "Ándale pues", le dije, pensando en lo gacho que era al no invitarme a pasar. "Te esperaré." En eso, escuché la voz de su mamá quien me decía que pasara. Yo, ya muy apenado por la frialdad de mi amigo, me negué, agradeciéndole. Más tarde, cuando salió mi amigo, le pregunté que cuál era la fiesta que tenían ya que vi comida de restaurante en su mesa. "Ah", me dijo, "no es fiesta. Es solo que cada quincena compramos la comida en la calle". "¿A poco?" Le pregunté con mucha curiosidad. "¿Y por qué solo el primero y el quince?" "Pues porque es cuando nos cae el cheque", me informó. "¿Cuál cheque?", le pregunté. "El cheque del gobierno" me respondió. "¿Que ustedes no reciben uno?" "Pues no" le contesté. "Es más, no sé ni de qué estás hablando." "Joel" me respondió. "Es que el gobierno le da a la gente dos cheques cada mes, uno en el día primero y el otro, en el día quince." "¿De veras? ¿Y por qué se los dan?" le pregunté, ya con mi curiosidad muy animada. "Porque somos pobres" me contestó. "Debes decirles a tus papás que apliquen en la oficina del Welfare (Dpto. de Bienestar). Ustedes también están necesitados y se los dan sin ningún problema." "¿Y cuándo se los tiene uno que pagar?" le pregunté. "¡Ah no!" me dijo. "Es gratis. Se lo dan a toda la gente necesitada como nosotros. No tenemos que pagarles nada."

Pronto me despedí de mi amigo y me fui volando a casa con las grandes noticias. Al entrar vi que estaban mis padres sentados ante la televisión, descansando y viendo un programa de vaqueros, o más bien "de cabronazos," como le gustaba decir a mi padre. Esperé que entrara un anuncio entre el programa que veían cuando les comenté muy emocionado, "¿A que no saben?" "¿Qué pasó?" preguntó mi mamá. "Pues me acabo de enterar que existe un cheque que le da el gobierno a toda la gente pobre como nosotros para que vivan mejor." "¿Un cheque?" preguntó mi mamá. "¿A poco? ¿Y de dónde sacan ese dinero para andar dándoselo a la gente?" "Pues el gobierno tiene mucho", les dije. "¿Y cómo se lo pagaríamos cuando nos manden el cobro?" me preguntó. "Ah", le dije. "Eso es lo bonito. Según mi amigo, el dinero es gratis para la gente pobre. ¡No tenemos que pagar nada!" "Oyes, Joel," me preguntó... "¿Y por qué crees tú que somos pobres? Aquí tienes todo lo que necesitas. Te vistes bien, comes bien, tienes cama. ¿Qué más quieres?" Yo, viendo a mi alrededor, noté como siempre lo hacía, que nuestros muebles no estaban en muy buenas condiciones siendo que los habíamos comprado de segundo uso. Tampoco estaban a la moda. "Pues mira, mamá", le dije. "Pudiéramos comprar nuevos muebles, nueva mesa para el comedor, ya que esa está toda bomba. Nuevos trastes para la cocina. Hay muchas cosas que necesitamos. Y también pudiéramos comer mejor." "¡Santo Señor!" respondió ella. "¡Tú no estás bien! El problema contigo, Joelito, es que tienes todos los modos de rico, ¡nomás te faltó el dinero!" Y antes de poder defenderme, habló mi papá. "Pues yo creo que todo lo que tenemos está muy bien. No hay necesidad de comprar cosas nuevas solo porque tú quieras presumir. Pero, siendo que te ves muy insistente, te propongo algo. Por ahora, siendo verano y ya que tú estás de vacaciones de la escuela, hemos estado trabajando en la labor pizcando uva todo el día de lunes a viernes, solo medio día el sábado y descansamos el domingo. Si quieres juntar dinero para esas compras, pudiéramos trabajar todo el sábado y quizás unas horas el domingo por la mañana. ¿Qué te parece?" En ese momentito, sentí que se me fue toda la esperanza de vivir y comer mejor como los vecinos. La proposición de mi padre era justa, pero retaba una parte floja en mí. *¿Trabajar los siete días de la semana?*, pensé. *¿Aunque solo de verano?* "Pues no", le dije. "No se trata de convertirnos en esclavos al trabajo. El cheque que da el gobierno es gratis". "¡Nada es gratis, Joel!" interpuso mi mamá, muy indignada. "Todo tiene un costo. Si empezamos a pedir limosna, nos vamos a convertir en unos huevones, siempre esperanzados de lo que la gente nos dé." "Pero no es gente" le insistí. "Es el gobierno." "Pues no importa de dónde salga. Alguien tiene que trabajar para producir ese dinero. Tiene que haberle costado sudor a algún cristiano. Para mí, se trata de pura chuecura; a alguien se le está robando para darle a los pobres que, según tú, somos nosotros. Pues, ¡no! No estamos ni tan pobres, ni tan necesitados. Y si tú de veras quieres esos lujos innecesarios, ¡hay que trabajar por ellos!"

Pues en eso se acabó mi lucha por recibir asistencia del gobierno para nosotros. Mis padres no lo aceptaron. Los lujos que yo soñaba tener tenían que esperarse muchos años más, hasta que yo creciera y ganara lo suficiente para comprarlos. Por lo pronto, el pollo frito y las hamburguesas gratis, ¡nunca llegaron!

La Promesa

Era yo un joven preadolescente cuando mi madre se embarcó en el hecho de pedir limosna para La Virgen, madre de Dios, por los hogares de El Campo de Wasco y por las vecindades que ella recorría durante sus ventas de productos. En una de esas ocasiones, yo le acompañé en su caminata porque me encontraba mistificado con esta nueva etapa en la vida de mi madre. ¡Dizque andar pidiéndole dinero a la gente! A mí se me había enseñado que el trabajo era la única manera de ganarse el dinero y que nunca era bueno andar pidiéndole a la gente, excepto en caso de grave emergencia. "Solo lo que te ganes de tu propio sudor, es lo que te toca", me decía mi madre. Así es que la idea de que ella anduviera tocando en las puertas de casas ajenas para pedir limosna me causó mucho desespero pensando yo que quizás nos faltaba dinero para seguir adelante y que mi mamá usaba el pretexto de la Virgen como frente a este hecho de pedir limosna.

"¿Pero por qué andas pidiéndole a la gente?" le pregunté. "¿Se nos acabó el dinero?" "¡Ay, Joel!" me respondió. "Ya vas a empezar con tanta pregunta". "Pues sí", le dije. "Pudiera yo también irme al fil con mi papá y hermanos a trabajar en la cosecha para ayudarte." "¡Anda! ¿Esa crees tú ser la razón por andar yo pasando vergüenza con la gente?" "No", me dijo. "Es que le hice una promesa a la Virgen; que iba yo a pedir limosna para ella y llevarle lo que junte hasta su casa en México." "¿¡Hasta México?!" le pregunté. "¿Y qué va a pasar conmigo? ¿Me vas a llevar contigo?" "No creo", me respondió. "Tienes que quedarte a estudiar. Y además no hay dinero para ir los dos." "¡Qué fregona!" le dije. "¡Te vas a ir sola a pasear!" "No, Joel. Voy a cumplir con una promesa que le hice a la Virgen cuando los muchachos andaban en la guerra. Me traían muy corta los nervios y no sabía qué hacer. No me volví loca porque Dios es muy grande. Y en eso, hablando con ella, me invitó a que fuera a visitarla en su mera casa, la cual está en la capital de México. Y últimamente me pidió que hiciera un sacrificio grande personal antes de ir. Este es mi sacrificio. Andar limosneando y sufriendo vergüenza ante la gente incrédula. Lo que junte de esto, es de ella, no mío. Así es que, si piensas que ando juntando para el viaje, te equivocas." *Pobre de mi madre,* pensé yo. Andar pidiéndole a la gente era algo completamente contrario a quien era ella. Aunque nos imponía la humildad, en ciertas cosas era muy orgullosa. Pedir limosna no era una de sus fortalezas.

Pues en esa ocasión, anduvimos de puerta en puerta, tocando, presentándonos y explicándole a la gente que ella andaba cumpliendo con una promesa a la Virgen. En muchos casos la gente era generosa y le daban algunas monedas o algunos dólares. Pero en otros casos, la gente se indignaba y le cerraba la puerta. Martita, siempre con mucha dignidad les daba las gracias y les echaba una bendición, diciendo "que Dios le bendiga." En estas situaciones, yo, muy apenado, le rogaba que mejor nos regresáramos a casa, ya que la gente era muy ruda y me causaba vergüenza y enojo que se portaran así con mi madre. "No, Joel", me decía. "Hay que seguir adelante. Así nos haremos más fuertes espiritualmente. Esa gente solo nos maltrata. Y tú y yo sabemos que somos pecadores. No somos unos inocentes. A Jesús, quien fue inocente de todo pecado, lo juzgaron de las peores atrocidades, lo golpearon y lo crucificaron con mucha crueldad. A nosotros solo nos hacen malos gestos y nos dirán malas palabras. Pero esas no duelen". *Pues sí,* pensé yo, *es cierto lo que dice.* Y ella, viendo alguna tristeza en mí, continuó… "Claro, si nos empiezan a aventar piedras, ¡entonces córrele!" Y al decir eso, aumentó el paso Martita y se fue semi corriendo, retándome a que la alcanzara. Al hacerlo, ya llevaba yo una sonrisa sobre mi cara y la pena se desapareció, viendo a esa señora de edad mayor corriendo y gritando como chiquilla. Aunque les voy a confesar que yo volteaba a ver si la gente no nos estaba viendo. *Eso es todo lo que falta,* pensaba yo, *¡que nos juzguen de locos también!*

La Llegada de Buda

Estaba yo en el sexto grado de escuela cuando en una ocasión durante la primavera, llegué corriendo a mi casa y al entrar a la sala, casi me tropiezo por el susto que me llevé al enfrentarme con la figura de un hombre sentado a un lado de la tele como si esperando mi llegada. Lo vi con mucha inseguridad mas pronto entendí que era una estatua de un tipo de monje sentado con las piernas cruzadas y las manos sobre su regazo con las palmas volteadas hacia arriba. Su cara denotaba una paz, como si perdido en un sueño. Vi que también existía un área circular sobre sus manos donde se podía quemar incienso, cuyo olor permeaba por todo el hogar. Era un olor muy agradable para mí ya que lo conocía muy bien siendo que Martita acostumbraba a quemarlo de vez en cuando para limpiar la energía del hogar. Me quedé estudiando esa estatua por un largo momento notando que era demasiado grande y que estaba situada sobre un banco y quizás por eso, llamaba rápidamente la atención de quien entrara. También sentí una paz a mi alrededor al estarlo viendo, pero al no conocerlo, desconfié de su presencia.

Pronto busqué a mi madre, quien se encontraba afuera en el patio bajo un árbol de mora lavando ropa en su lavadora de rodillos. "Mamá", le pregunté en voz alta por el ruido que hacía la lavadora, "¿Qué es esto?" "¿Qué es qué?", me contestó. "¿Pues esa estatua sentada en la sala?" "¡Ah!" me dijo. "Ese es el mentado Buda." "¿Y quién es ese?", le insistí. "Pues fue un hombre quien despertó de su ignorancia hace miles de años atrás. Fue iluminado por el universo y se convirtió en un ser bueno, sin fallas y solo existió desde ese momento en adelante para bendecir a todo ser humano. Fue muy compasivo y amó a todos por igual." "¿Pero por qué está aquí ahora?", le pregunté. "Me lo regalaron, Joel, y lo puse en la sala para ver si todos nos enfocamos un poco en él y encontramos una iluminación mental también, y así, sacudirnos de las malas energías. Yo ya platiqué con su espíritu", me siguió diciendo, "y me aconsejó que meditáramos mucho y que quemáramos incienso para purificar el ambiente y guiarnos hacia lo positivo". "¡Santo Señor!", aclamé. "¿Y ahora somos budistas, o qué?" "Ay Joel", me respondió. "No nos haría daño enfocarnos en las enseñanzas de personas que fueron buenas cuando se encontraban en el mundo. Hay que imitarlos". "Pues sí," le insistí, "pero nosotros le pedimos favor a los santos ante Dios" "Es cierto", me dijo, "¡pero tú solo has de cuenta que él fue otro santo!" "OK", le respondí. "A ver si no me confundes con tanto cambio". "Ay Joel", me respondió. "Existen muchas creencias buenas en el mundo y hay que respetarlas. En resumidas cuentas, solo hay un Dios y todas las oraciones de las diferentes religiones y creencias, van a dar al mismo lugar, ¡con el Padre Celestial!" "Pues tienes razón" le contesté, "solo que a ver si no nos chisquemos todos al ya no saber quiénes somos acerca de nuestras creencias." "Si tu corazón existe para amar al prójimo, nunca andarás mal", me contestó. "Por ahora, siéntate ante el Buda y medita un poco". "¿Y qué es eso?" le pregunté. "Pues meditar es concentrarte profundamente para sacar todas las diablurías de tu mente" me respondió. "En fin, es mejor que estés con el Buda y no con esos programas feos que ves en la televisión." "¿Como cuáles?", le pregunté. "Pues, para empezar", me dijo, "como ese programa de vampiros y solo Dios sabe que otras diablurías saldrán que ves todas las tardes". Reconocí que tenía razón de nuevo. Yo y mi hermana Juanita estábamos clavados con el programa "Dark Shadows" (Sombras Obscuras) que salía en la tele todos los días a las 3:30 p.m. Llegábamos corriendo de la escuela para ganarle la tele a mi hermano Héctor ya que a él no le gustaba ese espectáculo y si llegaba primero, lo prendía solo para quitarnos el gusto de verlo. Ese programa trataba con vampiros, brujas, fantasmas y otras cosas de miedo. Mas ahora mi mamá al ver que los santos que tenía en su altar no nos impresionaban lo suficiente, trataba de quitarnos ese vicio al poner a Buda a un lado de la tele donde no pudiéramos evitar su vista tan serena y de tal manera, retarnos a meditar en vez de seguir clavados con la tele.

Nunca dejé el vicio de ver Dark Shadows hasta que se terminó la serie, pero tampoco olvidé la llegada de Buda a nuestra casa. Empecé a practicar la meditación un poco y cargué el deseo de conocer más acerca de su idea de la iluminación espiritual por toda mi vida. Ya de adulto, estudié un poco más acerca de la vida de Buda y sus enseñanzas. Y todo empezó con Martita, que me inculcaba a que siempre buscara un buen camino en la vida. Ella sabía que eran muchas las tentaciones en mi mundo y mucha la presión por medio de los amigos, las vías públicas como la radio, tele y las escuelas para dejar las tradiciones "antiguas" acerca de la fe en Dios. Ella siempre buscaba manera de mantenerme en un buen camino, a cualquier costo, incluyendo invitar a Buda a nuestro hogar en esa ocasión. "En resumidas cuentas" había dicho, "todos los caminos de la oración llegan al mismo lugar. Porque sólo hay un Dios."

El Jardín

Martita siempre fue una enamorada de la naturaleza. Cuando en la calle, ella siempre encantada con las áreas verdes y floridas, comentando acerca de su belleza y agradecida siempre a Dios por expresarse con tal esplendor ante el ser humano. Mas en su hogar, toda mi vida la vi trabajando en su jardín. Aunque nuestra casa era chica y el jardín limitado en terreno, ella hacía maravillas con sus plantas. De todas las que tenía, las rosas parecían ser sus favoritas. Eran unos rosales increíblemente productivos ya que las flores que echaban eran dobles algunas y estaban tan grandes como la mano abierta de un adulto. Entre tantos los colores había amarrillas, color rosa, anaranjadas, rojas, moradas y blancas. A mí me fascinaban más las amarillas y ella siempre recordó ese detalle por toda su vida. "Mira Joel", me decía cuando nos encontrábamos ante algún rosal amarillo, "las que más te gustan. Dicen que es la flor de la amistad".

Además de los tantos tipos de plantas florecientes que tenía Martita, estaban las amapolas dobles, también conocidas como las adormideras. Mas teníamos entendido que estas eran ilegales y solo Dios sabe de dónde las pudo haber conseguido mi madre. Esta era una planta altiva, color verde salvia con una flor majestuosa color roja o morada, la cual era muy llamativa. Cuando llegaba gente a visitarla, Martita siempre los llevaba hacia su jardín para enseñarles orgullosamente el esfuerzo de su labor. A la vez, ellos se quedaban maravillados con la belleza de sus flores y con el escándalo de color que proyectaban. Pero ella muy pronto los dirigía a donde tenía las amapolas y les decía en voz baja que quizás eran ilegales y por eso, peligraba que se la venga a llevar la policía. La gente, mistificada por ese detalle le preguntaban, "¿y por qué son ilegales Martita?" "¡Ah!", les contestaba, tomando el papel de docente. "Porque de esa planta sacan la droga del opio". La gente quedaba fascinada con los detalles que les presentaba Martita acerca de la especialidad de sus plantas y su uso. "Pero yo no las tengo por la droga", continuaba, "yo solo las tengo por ornamentales, y miren, ¡qué preciosa la flor!" ¡Sí es cierto, Martita!", le aseguraban. "¡Bien bonitas!"

Yo, escuchándola de lejos, mantenía mi silencio sobre el tema hasta que la visita se fuera. Tan pronto que desaparecían le advertía que no le anduviera diciendo a todo mundo que esas plantas eran ilegales y que se la podrían llevar a la cárcel. "¡Vaya!" me contestó en una de esas ocasiones. "¿Y por qué no puedo decirles lo que tengo? Se los digo para que sepan que no escondo nada." "Bueno sí", le insistí yo. "Pero es que la gente no tiene necesidad de saber tanto detalle. Tú solo enséñales las flores sin decirles que son ilegales". "¡Ay tú!" me contestó. "Siempre pensando en lo negativo." "No en lo negativo, mamá", le dije. "Siempre pensando en que les das mucha información, la cual puede usarse contra ti más adelante." "¿Y por qué?", me preguntó. "Son familiares o gente que me aprecia. Y, además, ¿no ves cómo se me quedan viendo? Saben que soy valiente y no me asusta la ley. Que al cabo no la ando vendiendo." *¡Santo Señor!* pensé yo. *No agarra la onda.* "Ok", le dije. "De que eres valiente, nadie lo duda, sólo que por favor no cuentes todo." "Ándale sí," me aseguró. "Ya mejor me voy a enmudecer. ¡Solo porque tú eres un exagerado!" Y con eso se terminó el tema de las amapolas… Hasta la siguiente vez, cuando la vi enseñándoselas a uno de mis hermanos y la oí diciéndole que eran ilegales y que si la pescaban con ellas se la podían llevar a la cárcel. "Y ni le digas a Joel lo que te estoy contando", le advirtió, "¡porque solo falta que sea él quién me entregue a la policía ya que se ha hecho muy legalista!" Juntos se reían en voz alta por su nuevo chiste, mientras yo me moría de coraje porque no le prestaban seriedad a mi consejo.

Cuando pasaba gente desconocida casualmente por el callejón donde vivíamos, era imposible no ver el jardín de Martita. Muchos se animaban a llamarle la atención, si la veían afuera, para pedirle permiso de arrimarse y apreciarlo de cerca o en ocasión tomarse fotos. Ella, siempre muy bondadosa y orgullosa de su trabajo, les invitaba a que pasaran a ver sus flores y platicar. Ese siempre fue su don más grande; el de ser muy amigable con la gente y platicar con ellos por eternidades. Y si andaban de suerte, salían absortos con alguna flor o dos en las manos. ¡Pero Dios librara a la persona que se arrimara a llevarse algo sin pedir! Martita detestaba eso. Por eso les pagaba a ciertos niños de confianza de la vecindad a que le cuidaran sus plantas. "¡Ven mijo!", les invitaba. "Si te animas, te voy a pagar un daime (diez centavos) para que me cuides el jardín. ¿Qué te parece?" "Sí, Martita" le contestaban casi siempre, ya que para los chiquillos un daime era un montón de dinero. Pero también les regalaba algún bocadillo con soda y ellos muy agradecidos. Y así se pasaban algunas horas los niños hasta que se aburrían y le tocaban a la puerta por su cobro. Había una niña en particular a la que le gustaba mucho el puesto de guardia de seguridad en el jardín de Martita. Ella siempre le pedía un palo a Martita para usar como arma contra los supuestos ladrones. Lo hacía con mucho gusto hasta que un día le quité yo el palo y le aconsejé que solo regañara a quien viera andar en el robo y que ya no saliera corriendo de donde se escondía para pegarle a cualquiera que se arrimara. A los cuantos días, me regañó a mí Martita por haber corrido a su mejor trabajadora.

¡En una ocasión, cuando no había contratado vigilante, alcanzó a ver a unas personas arrimarse a escondidas y arrancar algunas flores! En un instante ¡salió gritando como fiera! ¡Cabrones! ¡Ladrones! ¡Pidan, no se las roben! Alcancé a ver a la gente irse corriendo, aventando las flores robadas por el camino. "¡Mamá!", le grité. "¡No seas tan grosera! ¿Cómo es que te pones a gritarle a esa pobre gente para que todo mundo te oiga?" "¡Anda, cabrones!" me contestó. "Es mejor que pidan y no que anden robando. Eso no es cosa de Dios". "¡Ni tampoco que los maldigas!", le contesté. "¡Ay Joel! ¡Solo fue para asustarlos para que no se vuelvan a atrever!" "Pues sí, mamá, pero no con maldiciones." "¡Anda!" me dijo. "Si los vuelvo a ver, les diré *cabroncitos* y no cabrones para no ofenderte. Y además", continuó, "qué no fuiste tú quien desanimó a mi mejor trabajadora con eso de quitarle su palo. Ahora deberías estar tú allí, cuidando mis plantas".

Años después, andábamos de visita en su pueblo natal de San Vicente, Nuevo León, México, ella, su hermana Gregoria (a quien le apodaban Goya) y yo. Las llevé a casa de una prima quien tenía un árbol muy frondoso y productivo de nísperos. Toca que llegamos a tiempo que estaban maduros y listos para comer. Las dos hermanas, ya grandes de edad, le gritaban a su prima para que saliera a la puerta a recibirlas. Y mientras gritaban "¡Emma!" arrancaban nísperos y se los echaban en las bolsas de sus vestidos para llevar a casa. "¡Señoras!", les hablé yo en voz alta. "¡No anden agarrando lo que no es de ustedes!" "¡Anda! Mejor cállate, Joel," me contestó mi madre. "¡Y no seas grosero con tu tía! ¡A ella no le grites ni la regañes! Y, además, no creo que se fije mi prima si nos llevamos algunas cuantas." "Pues quizás no", le contesté, "pero yo recuerdo a una señora que les gritaba con maldiciones a unas personas que se robaban sus flores". "¡Pero Emma es mi prima!", me dijo. "Sí," le contesté. "Pero debes pedirle primero, así como me lo inculcaste a mí en aquel entonces de mi juventud cuando me dijiste que no era bueno robar". "Pues sí, Joel", me respondió ya un poco aplacada. "Es cierto lo que tú me dices. Por eso solo vamos a agarrar unas cuantitas nada más." Y al decir eso, siguieron las dos echándose más nísperos en sus bolsas. Yo, no entendiendo su lógica, decidí mejor dejar ir el tema. Aprendí que la vida nos pone curvas en el camino. Y recordé que solo somos humanos. Y por ese hecho, todos experimentamos momentos de tentación y cometemos errores. Hay veces gritamos impulsivamente cuando se nos ofende y en otras ocasiones, nos prestamos a que se nos grite a nosotros cuando somos el ofensor. Este era uno de esos momentos ilógicos. No andaban robando nísperos. La dueña era su prima y en resumidas cuentas, se los hubiera regalado...

Capítulo 7

Al Tanto de su Prole

Las Lechuzas

Yo tendría unos doce años. Vivíamos en "el callejón." Ese era el distinguido nombre que Martita le había puesto a nuestra vecindad. No sé si lo hizo para mantenernos en un estado de humildad perpetua o simplemente porque esa era la pura verdad. Ella siempre buscaba la manera de que no se nos fuera a la cabeza alguna locura de creernos más de lo que éramos, gente pobre pero trabajadora. Al frente de nuestras casas estaba el callejón, la callecita que formaba el lado trasero de algunos edificios de comercio de la calle principal de Wasco. Allí también se colocaban unos botes rectangulares grandes de metal que servían como los basureros de estos sitios comerciales. Siendo que estaban a vista frontal de nuestra vecindad, era mi trabajo mantener el lugar limpio sin paga. No nos pertenecía a nosotros esa área y los dueños de los negocios no se preocupaban por la estética del lugar trasero de sus sitios. Pero a Martita sí le molestaba. "Se ve sucio", me decía, "y aunque no nos paguen por limpiar lo haremos porque nos da mala vista a nosotros". Yo, en protesta, le pregunté cuándo se me designó a mí ese trabajo, "¿Pero a nosotros qué nos importa si a ellos no les interesa limpiar su propia cochinada?" "Joel", me contestó, "no todo tiene paga monetaria. Unas cosas se hacen simplemente por buena caridad, y esta caridad se la haces a Dios, que en todo está. Él te recompensará algún día por tu buena bondad hacia la tierra". De tal manera, la limpieza gratuita de los intereses ajenos por ese callejón se convirtió en mi responsabilidad por todo el tiempo que vivimos allí.

Aunque a nuestra derecha e izquierda habían unas calles muy correteadas por la población de nuestra ciudad, en nuestro callejoncito, nuestra vida seguía relativamente discreta como si estuviéramos protegidos por nuestro nido contra las tempestades de la vida. Allí solo entraba quien venía con un propósito específico, ya sea con nosotros o con alguno de los vecinos que ocupaban las otras seis casas que nos rodeaban.

Pues toca que se aproximó un otoño muy sosegado y la gente salía y venía sin ningún elemento de vivacidad. Los trabajadores del "fil" llegaban a veces tarde, pero siempre primero enjuagando los botes de agua para los jornaleros del siguiente día. Luego se sentaban afuera un rato para disfrutar en descanso el atardecer. Los niños jugábamos como siempre y hacíamos todo lo posible por quedarnos afuera hasta el anochecer sin tener que entrar temprano a casa para bañarnos y preparar todo para el siguiente día de escuela. Era tan divertido jugar con los vecinos y otros amigos que llegaban de otros lugares más allá de nuestro callejón. Había un carro viejo y abandonado cerca de los botes grandes de basura y allí nos encantaba pasar el tiempo, brincando o imaginándonos que servía el mueble y que en él viajábamos. Tomábamos turnos manejando y en ese carro esqueleto y sin llantas, viajábamos a lugares lejanos como a la playa, a las montañas y a veces nos íbamos hasta Hollywood en búsqueda de fama y riqueza como veíamos en la tele. Pero al final del viaje, regresábamos, nos bajábamos del carro mágico y salíamos igual que como habíamos entrado, sucios por tanto polvo e igual de pobres que cuando nos subimos.

Ya se había cansado Martita de recordarme de lo tarde que era y me llamaba de nuevo, cada vez, levantando más el volumen de su voz. "¡Joel! ¡Ya métete, ya es tarde!" "¡Ahí voy!", le respondía; mi respuesta cotidiana. Y cada vez que le contestaba así, por hábito, esperaba que me gritara una vez más… "¡Le voy a echar llave a la puerta!" Y es entonces cuando yo rápidamente me despedía de mis amigos y me metía corriendo. Pues toca que en esta noche no me contestó de tal manera. Al contrario, salió Martita a acompañarnos y aprovechar la frescura de la noche que nos acariciaba. Al verla afuera, yo impulsivamente me le arrimé ya que no era tan común que saliera para agruparse con nosotros. Mis amigos también se sentían atraídos a Martita porque ella tomaba un interés personal en cada uno, preguntándoles de su comportamiento en la escuela, que si ya habían cenado y de cómo estaban sus madres. En esos momentos, yo era el más orgulloso de todos, porque para mí, seguía siendo la mujer más bella del mundo y veía que todos admiraban esa conexión que yo tenía con mi mamá. Sentía que ellos también quisieran poder tener semejante relación con sus madres, pero no. Solo había una Martita en el mundo, y me tocó a mí.

"¿No han visto las lechuzas?" preguntó. "¿Lechuzas?" cuestionamos, todos al unísono. "¿Qué es eso?" "¡Válgame Dios!" nos contestó. "Pues son esos pájaros grandes y oscuros que salen ya muy tarde y en la noche para vigilar a la gente. Normalmente se paran en esos árboles grandotes que se ven alrededor." Todos volteamos a ver a donde ella apuntaba con tanta seriedad en sus ojos, y, por primera vez en nuestras vidas, le pusimos cuidado a la forma de los árboles que siempre nos habían rodeado y a los cuales nunca les habíamos puesto ni la más mínima atención. "Se ha dicho que algunos son brujas en búsqueda de la maldad." Al decir eso, yo me le pegué lo más que pude y los otros niños se arrimaron también, sabiendo instintivamente que esta plática de Martita tocaba cosas espantosas. Nosotros asociábamos a las brujas con algo malo y relacionado con lo que habíamos aprendido en la escuela durante el tiempo de Halloween. También, en ese entonces, cada año durante el otoño, se estrenaba la película del Mago de Oz con eso de la bruja mala que perseguía a la pobre Dorothy y su perrito Toto. Todos estábamos al tanto de ese terror y temblábamos de miedo solo en pensar que hubiera tales brujas en la actualidad. ¡Y peor si se asociaban con esos changos feos que volaban! "¡Ay Martita!" dijo un niño. "¿No será una mentira de la gente?" "Claro que no, mijo" le respondió. "Pregúntale a tu mamá, a ver qué te dice." A mi entender, esas brujas andan en búsqueda de niños desobedientes, entre otras cosas. Pues en ese atardecer, se empezaron a ir todos los niños a sus casas muy calladitos y contemplando algo nuevo en sus vidas. Algo que los hacía querer irse a sus hogares más temprano de lo normal sin esperar, con la rebeldía de siempre, a que oscureciera.

Las siguientes tardes ya no fueron igual. Como siempre, los niños jugábamos al Red Rover-Red Rover o viajábamos en nuestro coche mágico, o simplemente nos reuníamos para platicar entre amigos. Toca que, en una de esas tardes, llegó la mamá de uno de los jóvenes y preguntó por Martita. "Sí, yo le llamo", le dije. De momento salió mi madre y las dos mujeres se pusieron a platicar. "¿Dizque nos andan rodeando las lechuzas, Martita?" "Así es", le contestó ella. "¿Tú no las has visto?" "No Martita,

¿cuáles son?" Y en ese momento, como por coincidencia, apareció un pájaro negro grande volando hacia los árboles. "¡Mira!" gritó Martita. "¡Allá va una!" Con grito armonizado, todos los niños corrimos hacia Martita, viendo hacia arriba a ver si mirábamos a la lechuza que ahora nos rodeaba. Yo en ese instante no tuve tiempo para encelar a mi madre ya que todos se agarraban de ella, los más inseguros, aunque fuera de una puntita de su delantal. Y del dicho al hecho, ¡todos la vimos! Un pájaro negro muy grande parado en la punta del árbol más alto que alcanzábamos a ver. El pájaro parecía estarnos estudiando, y nosotros, hipnotizados al ver algo tan fantástico. "¡Ay Dios!" dijo la señora. "Y ¿qué hace aquí, Martita?" "Ah, pues andará buscando a quién llevarse", le contestó. "Es por eso que yo siempre les advierto a estos niños que se porten bien y que no anden afuera de sus casas tan de noche. No vaya a ser que desaparezcan." Todos nos fruncíamos del miedo. Nunca lo habíamos pensado de manera tan personal. "¡Ay no!", gritó un niño. "¡Yo ya me voy!" y otros empezaron el movimiento de retirarse también. "Espérense", respondió Martita. "Ahorita los encaminamos." Y de esa manera, Martita y la señora fueron de casa en casa a dejar a la juventud de la vecindad en esa tarde, ya que no teníamos deseo de estarnos muy noche afuera de nuestro hogar como lo hacíamos siempre.

Antes de acostarme esa noche, le pregunté a mi madre acerca de las lechuzas. "¿Y por qué ahora nos andaban rodeando?" "Siempre andan navegando por el mundo", me contestó. "Algunas son buenas, pero otras son malas." "Sabes, hace unas noches tuve un sueño", me dijo. "Ya era muy noche y yo estaba acostada en el piso, en frente de la puerta principal, esperando que llegaran los muchachos." "Los muchachos" eran mis hermanos mayores que salían con sus amigos a hacer lo que hacen los adultos jóvenes. En esas ocasiones, mi madre acostumbraba a poner una colcha y almohada en el piso ante la puerta de entrada y taparse las piernas con una sábana. Ella decía que lo hacía porque allí estaba más fresca la noche, pero nosotros sabíamos que también lo hacía para estar al tanto de sus hijos callejeros y la hora en que regresaban a casa para regañarlos por llegar tan tarde. "Y vale más no saber yo que anden tomando" decía, "porque si me doy cuenta, ¡les va a ir bien mal!"

"Pues en esa noche," me dijo, "estaba entre dormida y despierta cuando oí tocar a la puerta. Yo respondí con preguntar, '¿Quién?' 'Ábrenos la puerta,

Marta', me respondió la voz de una mujer. 'Pasen' les dije. 'No podemos, no nos dejas entrar' respondió la misma. '¡Válgame!' les contesté; 'Pasen'. 'Pero ¿qué andan haciendo en la calle a estas horas?' 'Es que andamos buscando tu secreto' me dijo otra. '¿Cuál secreto?' le pregunté. Y con mucho enojo me contestó 'La clave que usas de protección. Llevas un poder muy fuerte, cabrona, y no te hemos podido hacer ningún daño. ¡Nos causas mucha envidia!' '¡Válgame Dios, mujeres! les respondí. ¡Ustedes andan bien mal! ¿Ya andan agarradas de la mano del diablo, o qué?' '¿Qué usas Marta, que no te podemos tocar?' me insistieron. 'Nada,' les respondí. 'Solo la voluntad de Dios es mi protección. Saben, sería mejor que se fueran mucho al diablo y me dejen a mí y los míos en paz. Pero consta, cabronas, que si un mal le tratan de hacer a alguno de mis hijos, ¡yo misma las he de buscar para darles una chinguiza!' Y con eso, oí el aleteo de alas, como si se hubieran retirado unos grandes pájaros."

Yo, asustado, y a la vez fascinado con ese sueño tan fantástico, le pregunté, "¿y de qué se trataba? ¿Qué querían? ¿Y por qué se oyó el volar de pájaros?" "Ay Joel", me dijo. "La maldad existe por todo el mundo. Busca atacar a lo bueno. Yo a ustedes los quiero con toda mi alma. A cada momento le pido a Dios que me los proteja de todo mal. Si algún mal viene rumbo a ustedes, que mejor caiga en mí. Y de eso se trató mi sueño. Estas mujeres son señoras quienes yo conozco. Me tienen mucho celo y envidia, aunque no entiendo por qué. Soy pobre, pero tengo mucha fe en Dios. Quizás ellas son madres de hijas que andan de chifladas con alguno de mis muchachos y no hallan como enganchárselos, y le entran por el lado malo, con sus brujerías. Yo, a ustedes los colmo con mis oraciones. Sé que son hombres, y que van a andar de cabrones en la calle. Pero le pido a Dios que nunca me los abandone y que les dé la sabiduría para actuar con el bien y no con el mal. Y que les ilumine cada paso con su amor. Y acerca del aleteo de las alas, ellas son las que se convierten en brujas por las noches. Y son las que nos andan rodeando por aquí, estudiando lo que hacemos, cómo vivimos, para buscarnos el mal."

Pues esa noche me acosté muy preocupado. Preocupado por la maldad del mundo y por mi pobre madre, quien gastaba tanta energía en protegernos. Y nosotros, incrédulos, burlándonos en ocasión de sus creencias anticuadas, siendo que ya nos considerábamos gente moderna y educada como el gringo. El gringo, pensábamos, es más inteligente acerca de tales cosas que nosotros. No lo aceptan, ni hablan sobre ello. Pero esa misma noche, yo juré serle más fiel a mi madre, y apegármele más para defenderla en lo que yo pudiera, contra las cosas malas del mundo. Empezaba a entender, poco a poco, el mundo misterioso de Martita.

La siguiente tarde, un poco antes de oscurecer, llegó corriendo Rolandito, el niño tartamudo, exclamando "¡Ma-matita! ¡Ma-matita! ¡Allá! ¡allá!", gritaba. Y con sus brazos y manos hacia los ademanes de un pájaro en vuelo. Mas le metía sonido también, diciendo, "¡Un! ¡Uun! ¡Uuun!". A su manera, él imitaba el sonido de un avión para que entendiéramos que el pájaro volaba bajo y rápido. "¿Dónde, Rolandito?" le preguntó Martita, "¿donde?" "¡Allá! Ma-matita, ¡allá!" Y apuntaba hacia la vecindad y la altura de los árboles. Luego la dirigió a ella y a todo el montón de niños que la acompañábamos a la vuelta de la calle donde estaba una iglesia americana con un alto campanario. Allí, nos indicaba Rolandito, que fue donde él vio que se detuvo la lechuza. Y todos nos arrimamos hacia Martita para escuchar su sabiduría acerca de tales misterios. Es por esto por lo que les repito, niños, que se metan temprano a sus casas. "Sí, Martita", gritaban todos en unidad. "¡Sí, lo vamos a hacer!"

Unos días después, caminaba yo con mi madre rumbo a un "mandado." Así le llamaba ella al hecho de ir a comprar o conseguir lo que necesitaba, ya sea de alguna conocida o de algún centro comercial. Tocó que pasamos por la iglesia donde Rolandito había visto a la lechuza, y frente a la puerta abierta estaba el pastor de ese templo. "Vamos", dijo Martita, "a preguntarle acerca de la lechuza". Y nos arrimamos hacia el hombre quien nos extendió la mano, aparentemente encantado de que alguien se detuviera para saludarlo. Dentro del salón, no se veía nada que nosotros conociéramos como iglesia. Muy bonito, por cierto, con cortinas elegantes, un piso fino y muchas bancas. También un área amplia en frente con un podio donde alguien pudiera hablar con los visitantes. Martita, muy enfocada en el interior, murmuró, *ni siquiera un Santo se ve*, cuando el supuesto pastor habla: "¡Hello!" ¡Hola!

"Buenas tardes", le contestó mi madre. "Yo soy Marta y este es mi hijo Joel". "Dile, Joel, lo que estoy diciendo". "She says good afternoon. She is Marta and I am her son Joel." "Oh! Wonderful!" "Oh, ¡qué bien!", respondió el hombre. "How can I help you? Are you interested in becoming a member of our church?" Volteando hacia ella le traduje de la mejor manera que pude, siendo que todavía me faltaba mucha experiencia en la vida, antes de entender lo profundo que es el mundo de la traducción de idiomas y lenguaje. Aunque yo entendía que el señor preguntaba "¿en qué les puedo atender?" y "¿quieren hacerse miembros de nuestra iglesia?", en ese momento de ignorancia lo traduje malamente. "Pregunta que ¿qué quieres?, y ¿que si nos queremos meter en su iglesia?". "¿Así te dijo?" preguntó mi madre. "¡Mira, qué grosero!" y volteaba ella a verme a mí y luego a él con toda la indignación de una mujer muy ofendida. Yo, de pronto, entendí que algo estaba muy mal en mi traducción y busqué la manera más rápida de corregir mi error: "Pero no lo dice enojado, mamá". "Pues sí, pero de perdido que lo diga con buena atención". Y ella ya toda confundida por mi mala interpretación, preguntó "¿Y por qué cree que nos queremos meter en su iglesia? ¿A poco cree que lo vamos a robar?" Y ella, siendo una mujer de poca vergüenza acerca del arte de la comunicación a través de la brecha entre idiomas, y en este caso, en búsqueda de aclarar las cosas, le preguntó; "Yu no espíque Espanish?" "¿No hablas español?" "Oh, no!" contestó el señor. "I'm sorry. Lo siento. I only speak English. Solo hablo inglés". "Más triste", murmuró Martita, y yo, sorprendido que le hubiera entendido y fascinado a la vez de la valentía de mi madre, al intentar hablar el inglés, un idioma que yo creía que era difícil para ella.

"Bueno, pregúntale que si no ha visto al pájaro negro que se para en ese pino de su iglesia". "She wants to know if you have seen the big black bird that sits on the big 'o tree by your church". "What big bird?", respondió. "Dice que cuál pájaro". "Dile que hay una lechuza que se para en ese árbol por las tardes antes de oscurecer y que deben hacer oración todos los días para que se vaya". Yo, sintiéndome ya más animado en mi obra social de traductor y entendiendo que Martita no se rajaba y también le entraba al inglés si fuese necesario, le expliqué: "There's a big black bird that comes in the evening and sits on top of that tree by your church". Hay un pájaro negro muy grande que viene en las tardes y se sienta arriba de ese árbol por su iglesia. "My mother says it's a witch and that your church should pray every day for it to go away". Mi mamá dice que es una bruja y que su iglesia debe rezar todos los días para que se vaya. "A witch?" respondió el pastor, ¿una bruja?, y suelta una risa muy incómoda y nerviosa a la vez. "How can a bird be a witch?" ¿Cómo puede ser un pájaro, una bruja? "And besides, there are no such things as witches". Y, además, no hay tales cosas como brujas. "All that talk is nonsense". Todo ese hablar es tontería. "¿Qué dice?", me preguntó Martita. "Dice que no hay brujas y que toda esa plática es tontería". "¿Eso te dijo? ¡Mira qué cabrón! Con razón está vacía su iglesia. No hay quién se le arrime". Y de poco a poco, empezando a entender mejor la plática del hombre y sus preguntas, dijo, "ha de ser la razón por la que quiere meternos a nosotros, ¡pa' acabarnos de chisquear juntos con él! ¡Si ni siquiera cree en la maldad que hay en el mundo! ¡Dile que por eso viene la gente a la iglesia, para pedir favor contra la maldad del mundo!" Y yo, para ese momento, ya me sentía con vergüenza y pena. Era obvio que el señor ha de haber pensado que no estaba bien mi mamá, y peor, por involucrar a su hijo en creencias tontas y falsas. "Vámonos, mamá", le supliqué. "No vaya a ser que se enoje y nos eche la policía". "¡Ay no!" dijo Martita. "Es cierto, ¡vámonos! ¡Estos gringos están bien pendejos! No creen en nada. ¡Al rato se les va a arrimar el mismo diablo y ellos ni en cuenta! ¡Ay no! ¡Dios nos libre! ¡Vámonos!"

Rápidamente seguimos nuestro paso rumbo al mandado que ya casi olvidábamos mientras el pastor de la iglesia americana se quedó viéndonos desaparecer, rascándose la cabeza y con una mirada de confusión total en su cara. "Vas tú a creer", me murmuraba Martita, "¡dizque no creer en las brujas!" Y viéndome muy serio, ya que me encontraba preocupado por la interacción con el hombre de la iglesia americana, le metió sentido del humor para tratar de alivianar el momento. "A lo mejor pensó que la bruja era yo y tú mi hijo brujillo, ¡Ja! ¡Ja! ¡Ja!", y seguimos los dos adelante con pasos rápidos y riéndonos, ella por el buen chiste que se echó y yo de nervios, pensando en que quizás pronto nos alcanzaba la policía.

Así pasaron las siguientes semanas de ese otoño; todos los niños de la vecindad siempre al tanto de las lechuzas, que no se les fueran a arrimar y llevarse a uno. De allí en adelante, tan pronto que oíamos a Martita gritar que ya nos metiéramos a nuestras casas, todos corríamos sin alegar ni querer quedarnos un momento más afuera cuando empezaba a oscurecer.

La Llorona

En otra ocasión, estábamos yo y unos nuevos amigos quienes eran un poco vagos, sentados en rueda platicando, con la noche tocando nuestros hombros cuando salió mi madre de casa. Se nos arrimó y preguntó, "Así que este es el grupito de niños valientes, ¿eh?" "No estamos haciendo nada mal" le contesté, solo platicamos". "¿Y de qué platican tan tarde? Creo que he oído a las madres de algunos de ustedes gritarles que ya se metan y aquí siguen todavía. Yo pensé, vale más salir a ver qué hacen estos muchachos que ni a sus madres les ponen cuidado. ¡Qué arrojados!" "¿Y valientes, por qué?" le pregunté. "Ah, pues es obvio que no le tienen miedo ni a la noche siendo que hay tanta cosa que sale solo a estas horas para aterrorizar a los desobedientes, y en particular a los jovencitos como ustedes." En ese momento todos nos empezamos a unir más cerca los unos con los otros ya que tanteábamos que Martita iba a platicarnos algo acerca de los espantos.

"Pues miren" empezó. "Cuando yo o alguna de sus madres les diga que ya es muy tarde y que se metan a sus casas, se los decimos por su bien. No crean que lo hacemos sólo para quitarles el gusto de andar haciendo travesuras. Se les dice para protegerlos de los peligros que corren ustedes." "¿Cuáles peligros?", le insistí yo. "No andamos haciendo nada malo. Sólo estamos bromeando y platicando." "Pues sí", me contestó. "Pero es que ustedes no han llegado a entender por completo acerca de la maldad que existe en el mundo. Siempre recuerden que el diablo no duerme. Y su hora favorita para hacer sus travesuras es por la noche. Y no sólo él, existen otras maleficencias que se aparecen en las calles donde la gente anda en malos pasos." "¿Y qué es una maleficencia?" preguntó otro niño. "Pues es una maldad", le respondió ella. "Gente con malas intenciones o hasta el mismo diablo que busca a niños y jóvenes desobedientes para inculcarles el mal". "Pero no son sólo ellos" continuó. "También hay otros poderes malos. Un ejemplo es la llorona quien se pasa las noches por las calles y callejones de cualquier pueblo y ciudad buscando niños para robarse." "¡Ah, fregado!", le contesté. "¿Y por qué busca niños?"

"Ah, pues es que en otro tiempo, siglos atrás, ella era una mujer muy bonita a quien Dios le dio muchos hijos. Pero ella prefería andar de Huila en vez de cuidarlos. Los dejaba solos en casa, y muchas veces, ni siquiera se acordaba de darles de comer. Muy pronto los empezó a ver como niños necios que le quitaban el tiempo que ella quería para andar de callejera con los hombres. Un día, ya cansada de tanto niño, se chisqueó por completo y los mató." "Pero ¿cómo?" le pregunté. "Eran sus hijos." "Pues sí", me contestó. "También hay madres malas." "¿Y cómo los mató?" le pregunté. "Pues por ahí voy", me respondió, "deja y les digo".

"Miren, a unos los echó a las llamas de una lumbre que había empezado. Otros, se los echó a los marranos para que se los comieran. Y, por último, a otros, los aventó a un río que corría cerca de su casa. Pues, un día, le llegó su hora de muerte y cuando se encontró ante las puertas del cielo, le preguntó San Pedro acerca de sus muchos hijos. Que cómo los había criado y cómo estaban. Ella, por no saber cómo responder, solo dijo, 'es que se me perdieron en el mundo'. 'Ah', le contestó San Pedro. 'Pues antes de entrar al cielo, tienes que hacernos cuenta de ellos. Regrésate al mundo y búscalos. Cuando los encuentres, vuelves y nos dices dónde están. Luego te dejamos entrar al cielo'. Pues la mujer regresó al mundo como fantasma y se ha pasado los siglos buscando y llorando por sus hijos. No los encuentra porque ya no existen. Ella los mató. Así es que por las noches se oyen sus lamentos por las calles, por los montes, y por las orillas de los ríos. Se la pasa llorando y gritando, ¡mis hijos!, ¡miiiss hiiijoos!, ¡¿dónde están mis hijos?! Y cuando ve niños callejeros y desobedientes, se los roba para ver si puede engañar a San Pedro." "¡A la chingada!" respondió impulsivamente un niño del grupo, muy asustado. Por el momento se le olvidó que estaba ante un adulto y había dicho una mala palabra. "Perdón", dijo, "es que me asusté." "Está bien" le contestó Martita, "ya más o menos me das idea del tipo de comunicación que ustedes usan. Pero pongan cuidado, ese tipo de lenguaje entre niños y jóvenes es el que más le gusta al chamuco y en este caso, es a quien va a perseguir la Llorona."

Ya para entonces, yo estaba bien agarrado de su ropa apretándome más a ella por el miedo que me entraba. Volteaba yo hacia la obscuridad que nos rodeaba y podía ver las luces de las casas más cercanas. Creo que hasta empecé a ver sombras en esa obscuridad, sombras que esperaban que se metiera Martita a casa dejándonos afuera solos. *Jamás*, pensaba yo, *voy a desobedecer a mi madre. Tan pronto que me diga que me meta a casa, lo voy a hacer, ¡y corriendo!* Al terminar Martita con la historia de La Llorona todos los chiquillos brincaron y corrieron rumbo a las luces que iluminaban sus casas. "¡Que Dios los bendiga!", les gritaba Martita. "¡Y ya es cosa de ustedes si quieren seguir de bandoleros hasta media noche!"

Esa noche, antes de acostarme le pregunté a Martita que por qué no me había platicado esa historia antes. "Porque todo viene a su debido tiempo", me contestó. "No había querido asustarte antes, pero como veo que se han estado poniendo un poco rebeldes tú y tus nuevos amiguillos, pensé mejor explicarles ahora la razón por cual nos preocupamos las madres. Ustedes creen que somos malas porque no los dejamos quedarse afuera hasta muy noche. Pero estas no son horas para que ustedes todavía anden en la calle. Es hora para que ya estén recogidos en sus casas y en la cama. Y fíjate bien en tus amiguitos, Joel. Algunos de esos niños son más que rebeldes. Son cabroncitos. Y con ese lenguaje que usan, al rato se convierten en bandidos. Tú crees que me haces pendeja, pero no. Yo sé que andan en las calles hasta ya muy tarde, y luego se vienen a reunir en frente de la casa como si para engañarme. Pero, no mijo, ¡Cuando ustedes van, yo ya vengo! Ya conozco esos juegos de la juventud. Donde ahora tú estás, un día yo estuve. Y donde ahora estoy, un día estarás. Hoy te quejas de mí porque crees que soy muy estricta contigo por no dejarte hacer lo que tú quieras. Un día vas a ser tu quién te preocuparás por otros, y en ese entonces, te acordarás de mí cuando se pongan de rebeldes contra ti al no querer seguir tus reglas. Y para terminar, fíjate bien en lo que te digo: ¡Dime con quién andas y te diré quién eres! Repito, fíjate bien en tus amigos. Hasta ahora, te has portado muy bien y sigo esperando lo mejor de ti. Pero acuérdate, ¡el diablo no duerme!"

Los Pachucos

En aquellos tiempos de los 60, los pandilleros eran conocidos como pachuchos. Era un problema mayor para las familias latinas cuyos hijos se revelaban contra la ley, ya sea del hogar o de la sociedad y se involucraban con estos grupos. Ellos se sentían "realizados" con sus amigos al igual y buscaban un respeto de la sociedad en general. Se agrupaban en las esquinas de las calles con sus camisas bolsudas de manga larga y sus pantalones caquis y usualmente con un pañuelo rojo doblado como cinto sobre la frente de la cabeza. Y muy importante para ellos era que la camisa y los pantalones siempre estuvieran bien almidonados y planchados. Sus pies vestidos de zapatos negros u otros colores obscuros, muy brillosos que apuntaban hacia las esquinas con los talones casi apegados. Pues estos jóvenes eran los rebeldes de la sociedad y aunque en mayor parte causaban pena y vergüenza a muchas de sus familias, los padres normalmente cedían a las rebeldías de sus hijos quienes seguían esos pasos. Y públicamente, nunca los enfrentaban.

Pues también la familia de Martita era tan diversa como todas. En ese entonces, ella tenía tres hijos de edad jóvenes adultos. Los tres eran muchachos muy guapos y atraían la atención muy naturalmente. Eran muchas las muchachas que los buscaban y muchos los amigos que los llamaban para asociarse con ellos. Entre los tres, uno aspiraba a ser soldado militar y le gustaba la idea de viajar a lugares lejanos para defender su patria, otro el enamorado, siempre buscando nuevos corazones para conquistar y el tercero, le encantaba la rebeldía social y aspiraba a ser pachuco. Pues los tres eran la adoración de su madre. Decía quererlos a todos por igual y con esa igualdad, a todos los regañaba cuantas veces fuera necesario sin escapársele ninguno, especialmente si ella se daba cuenta que andaban en algún mal. No había muchas mujeres como Martita en relación a sus hijos. Los protegía como leona cuidando a su ralea. Casi todo mundo sabía que meterse a malas con los hijos de Martita era meterse contra ella. Era una ley no escrita. Y aunque ella esperaba el mejor comportamiento de su progenie, entendía que no iba a poder estar al tanto de ellos a todas horas. Especialmente en las noches cuando ellos salían a socializar con sus amistades. Y con relación a las novias de sus hijos, ella tenía un refrán para las madres de esas chicas: *Amarren a sus gallinas que mis gallos andan sueltos.* Esa era su advertencia de que no quería que luego vinieran a reclamarle que sus hijas se embarazaron de alguno de sus hijos y exigir matrimonio o una mensualidad. Martita estaba contra todo eso, y decía, "si las dejan andar de huilas, ya saben a lo que se meten. ¡No vengan luego a culparme a mí! Mientras, yo a los míos, también los traeré muy cortos".

Pues toca que una tarde andábamos en nuestro carro, Martita, mi papá de chofer, y yo en el asiento de atrás, viajando por el centro comercial de Wasco haciendo ella sus compras o "mandados", cuando pasamos por un local de venta de autos con esquina muy alumbrada. Pues bajo un poste de luz se encontraba un grupo de pachuchos, todos de pie y con los brazos cruzados, como tipos de cuidado, viendo al tráfico pasar con mirada muy seria hacia los que pasaban por ahí. Creyéndose, como decía la gente, "muy chingones". Lo hacían como para darle a saber a quien los viera que ellos eran valientes, que se sentían con algún poder, sin temor a nada ni a nadie. Mas no había quien los retara, solo los grupos opuestos de pachucos, u otros pandilleros, que, cuando se encontraban, se retaban con malas palabras u ofensas verbales y físicas, tal como aventarles alguna botella vacía de cerveza y terminaban en bronca.

Pues toca la desgracia que, entre ese montón en esa tarde, estaba el Prieto, uno de mis hermanos quien aspiraba a ser Pachucho. A él le fascinaba esa vida. Aunque su verdadero nombre es José, siempre se le llamó Prieto por el color de su tez. Pero sus amigos lo llamaban Joe en inglés. Pues allí se encontraba el Prieto, en esa ocasión, con su grupo de amigos pachuchos. Él con un cuchillo en la mano, como si limpiándose las uñas, pero de tal manera que el enfoque de su presencia era su cuchillo o "filera" como ellos le llamaban.

Pues al verlo allí, Martita instantáneamente se enderezó en su asiento y le pidió a mi papá que disminuyera la velocidad. Él, sintiendo pena por la que ya se imaginaba, le pidió que no hiciera ni dijera ninguna tontería y que lo dejara en paz. "¡Anda!", le contestó ella. "Si fuera por ti, todos anduvieran de cabrones en la calle". Y mi papá, sabiendo que era mejor cortar esa conversación, dejó que Martita siguiera con su intención. Pues al pasar en frente del grupo de Pachuchos, ella le pidió a mi papá que se detuviera allí y bajó la ventana del carro. Yo atrás, asombrado con el escenario que se abría, volteé a ver al grupo y vi que el Prieto instantáneamente se dio cuenta de quién se paraba ante ellos. Al verle la cara lo noté un poco nervioso por lo que él ya se imaginaba iba a pasar. Muy bien conocía a su madre y su manera de enfrentar lo que no le gustaba.

"¡Cabrones!", les gritó Martita. "Cómo no se van a buscar un trabajo en vez de estar allí como pendejos, pintando cuadros de vergüenza para sus familias. ¡Lástima de huevos que se cargan para estar allí como mensos, perdiendo el tiempo! ¡Y tú, Prieto, allá te espero en casa para darte lo que mereces!"

Yo, asombrado y a la vez asustado por lo que hacía y decía Martita volteé de nuevo a ver al grupo de pachucos. Todos se empezaban a voltear rápidamente viéndose el uno hacia el otro preguntándose que quién era la señora que los insultaba. Prieto con mucha pena, les decía, "It's my mom, Ése!" ¡Es mi mamá, hombre! "¡Chingada madre!", gritó uno de los pachuchos. "Let's get the fuck outa' here. ¡Vámonos a la chingada!" Y el Prieto no sabiendo si le estaban echando madres a su mamá, se ofendió y se puso a la defensiva. "Don't fuck with her, ese! No chingen con ella", les decía. "I'll kick your ass, if you say anything to her! ¡Te pateo el culo si le dices cualquier cosa!" Pero pronto se disculparon con él y a la vez, se quedaron asombrados del valor de la mamá del Joe. "¡Y vale más que no me estén echando esas madres a mí!" les gritó de nuevo Martita. "¡Porque ya verán luego, cabrones! ¡Ya váyanse a sus casas a buscar un quehacer!" Muy pronto se desbarató el grupo de pachucos corriendo por todas partes y gritando de nuevo, "¡Vámonos a la chingada, Ése!"

Ya satisfecha, Martita subió su ventana y le dio órdenes a mi papá, "ahora sí, vámonos." Él, muy obediente pero apenado por la vergüenza que le habían causado al Prieto, le pisó al acelerador y arrancamos rumbo a la casa. Martita llevaba una presencia de satisfacción y a la vez enojo por haber encontrado al Prieto con una pandilla. "¡Dios lo libre cuando llegue a casa!" Esas fueron sus últimas palabras del momento y con toda seriedad seguimos con nuestro camino. Yo, en el asiento de atrás pidiéndole a Diosito en silencio que nunca me vaya a dejar andar en malos pasos y mucho menos ser un pachuco cuando creciera. *Peligro que a mí sí me mate*, pensaba yo.

Pues toca que esa noche, Prieto no llegó temprano sino bien tarde. Mi mamá, como ya estaba acostumbrada a no dormir cuando sus hijos andaban en la calle, hizo un tendedero con la colcha, sábana y almohada en el piso de la sala. Allí se acostó con su rosario en mano y solo ella sabía la manda nueva que le prometía a Dios por traer a sus hijos a casa sanos y libres de daño. Yo la veía preocupada pero muy enfocada en los quehaceres antes de acostarse. Traté de quedarme despierto con ella, pero pronto me mandó a dormir. "Ya es muy noche, Joel, vete a acostar. Déjame hablar con Dios a solas". Y con eso, me fui a mi cama, pero no dormí. Decidí aguantar el sueño para ver qué iba a suceder al llegar Prieto a casa tan tarde.

Pues a eso de la una de la madrugada, oí abrirse calladitamente la puerta de la cocina. Pronto brinqué de mi cama y me fui de puntitas a ver quién era. Entre la oscuridad y un alumbrado mínimo por la luz de luna que entraba por una ventana, vi al Prieto afuera de la puerta quitándose los zapatos y entrar en calcetines. Luego se agachó así al piso y siguió rumbo a la recámara a gatas y según él, en secreto para no hacer ruido, con el fin de no despertar a Martita. Pero en eso, el pobre Prieto ya la llevaba de perder. Por el momento, olvidó quién era su madre y a medio camino y entre la oscuridad, habló Martita en voz alta. "¡¿Qué horas son estas para llegar a casa, Prieto?! ¡Has de andar bien borracho!" "No amá", le contestó, "ando bien." "Ah, ¿sí? ¿Entonces por qué vienes todo amensado y a gatas?" "Es que no te quería despertar", le contestó el. "Anda, estoy bien enojada contigo por haberte visto con esa plaga en la calle. ¿Qué es eso, Prieto? ¿Eso es lo que les he enseñado, que anden de cabrones en la calle?" "No amá", le contestó. "Son mis amigos. No andamos haciendo nada mal." "¿No? ¿Y esos cuchillos? ¿Y esa ropa? ¿Y esos paños enredados en la cabeza? ¿Qué es todo eso? ¡Parecen una bola de mensos!" "Ay amá", le contestó el Prieto. "Así nos vestimos." "Anda, ¡cabrones! Ya vete acostar, y persígnate antes de hacerlo, y pídele a Dios que te perdone por todas las diablurías que has de andar haciendo. Mañana me arreglo contigo." "Sí, amá", contestó él. Y muy apenado, y tratando de caminar derecho para que no lo viera Martita tambalear y entonces saber que sí venía un poco tomado, siguió su camino hacia su cama.

Ya en la recámara donde dormíamos varios hermanos, yo, muy preocupado por el Prieto le ayudé a llegar a su cama y lo tapé muy bien con sus colchas. Lo persigné, ya que él no se acordó de hacerlo y le pedí a Diosito que no le fuera tan mal con su madre al amanecer.

Los Soldados

Entre los años 1965 y 1968, Martita tuvo dos hijos que se registraron con el servicio militar. El mayor, Mario, se metió en el ejército de los Marines, y Silverio, en el Army. Los dos hicieron un turno en la guerra de Vietnam. Mario participó en la guerra por nueve meses hasta ser herido por una granada durante una pelea. Luego fue regresado a los Estados Unidos por medio de las Filipinas y estuvo en varios hospitales donde se recuperaba de sus heridas. Fue presentado con la Medalla del Corazón Púrpura por su valentía y mérito militar. Silverio terminó su año en Vietnam y regresó a casa sin ninguna herida física, aunque las heridas emocionales fueron graves en los dos. Mas en ese entonces no se les apapachaba de ninguna manera y los dos regresaron a su casa donde la vida pretendía seguir como antes para todos en la familia menos para ellos dos. Ahora sabemos mucho acerca de ese tipo de heridas emocionales o psicológicas que llevan por nombre Trastorno de Estrés Postraumático. Pero en ese entonces, solo Dios sabía cómo lidiaban con esos asuntos los afectados.

Fue en una tarde de verano. Nos habíamos ido a trabajar en la labor mis hermanos, hermana y yo. Mi papá nos llevaba a su cargo, y yo, ya teniendo unos once años, era considerado de edad apropiada por la familia para también trabajar en la labor durante mis vacaciones. Pues al terminar nuestra labor del día, nos subimos al carro y agarramos camino rumbo a casa con mi papá de humor muy serio. Todo ese día, él había andado muy callado, pero de manera muy diferente a mi mamá, él no platicaba mucho acerca de sus sentimientos. Siempre fue de humor alegre y lleno de chistes que contarnos. Pero ahora, en este día, yo lo notaba muy serio.

Al llegar a casa, encontramos a Martita sentada en su cama, la cual estaba en la sala. La vimos muy triste, con los ojos inflamados por llorar. Al vernos, no supo cómo responder, mas se enfocó en mi papa y le clavó la mirada. Mi papá, como ya sospechando algo muy serio, le preguntó, "¿Qué pasó?" Fue entonces que ella entre sollozos detenidos por tal de no asustarnos tanto, le anunció; "Mario…" y se desmayó. Mi papá, muy asustado, alcanzó a detenerla en sus brazos y nos gritaba que le trajéramos alcohol. No supe ni quién encontró el alcohol y se lo dio. Él pronto sacó un paño de su bolsa trasera del pantalón, lo llenó de alcohol y se lo arrimó a la nariz. A los cuantos momentos, ella reaccionó y volvió en sí. Se quedó viendo hacia el cielo con lágrimas en los ojos y por fin nos contó: "Vinieron unos soldados. Me tocaron la puerta. Al yo contestar, me preguntó uno en español, que si mi nombre era Marta y que si yo era la mamá de Mario. Le contesté que sí, y me dijo que habían herido a Mario en la guerra y que estaba en un hospital. No me querían dar mucha más información los desgraciados y se voltearon para irse. "¿Pero está vivo?" les pregunté. "Sí", me dijeron. "Luego te traemos más información, ya que se nos informe". ¡Y allí me dejaron apendejada con un gran dolor en mi corazón!" Pues en ese momento todos rodeamos a Martita y la abrazamos, ya que entendíamos que la más sufrida era ella. Nosotros, todos tristes y con lágrimas en los ojos, nos fuimos a refugiar por otros lados del hogar, dejando a Martita y a Carmen solos en la sala.

Pues durante esos años, Martita experimentó un gran cambio de carácter. Aunque seguía siendo la madre más estricta y amorosa a la vez con sus hijos, era muy obvio que cargaba una gran tristeza en su corazón ya que dos de sus hijos se encontraban en gran peligro de perder sus vidas en una guerra que ella no entendía. Decía que matarse los unos a los otros no era cosa de Dios, sean de donde sean. Todos en este mundo somos hijos de Dios y no hay justificación por esa violencia. Pero a la vez, comprendía que era parte de vivir en los Estados Unidos Americanos; que el precio por nuestra libertad era, a veces, el sacrificio de los jóvenes. Y lo más pesado para ella, era no poder protegerlos de primera mano. Fue entonces que Martita profundizó más su relación con Dios, y, creo yo, le entregó su corazón por completo.

Cada día se iba a la Iglesia a comunicarse con los cielos acerca de cosas que sólo ella sabía, sentía, y guardaba en su corazón. Yo la seguía en ocasión y estando en la parroquia, la veía muy triste pero muy enfocada hablando casi en silencio con el mero Dios, ya que yo solo veía que sus labios se movían en silencio y sus dedos meticulosamente brincando de cuenta en cuenta con su rosario. Lo que a mí más me calaba era cuando le salían las lágrimas. Eran unas lágrimas que penetraban mi corazón de joven, pero no la escuchaba llorar, ni siquiera sollozar. Firme la mujer ante Dios, haciendo plegaria por sus hijos en guerra distante y aguantando fuertemente las emociones que sólo yo me imaginaba le empujaban para salir a gritos abiertos.

"¿Y cómo te fue?", le pregunté al salir de la iglesia. "Bien", me contestó. Y así siguió nuestra conversación por algunos minutos; ¿Y qué te dijo?". "¿Qué me dijo quién?" "Diosito", "¿Sobre qué murmurabas tanto con Él, y qué te respondió?" "¡Ah, pues me dijo que le dijera al tal Joelito, que no hablara tanto al salir de la casa de Dios! Que se respetara un silencio en camino a la nuestra para meditar la plática que uno tuvo con Él." "¡¿Eso te dijo?!" le insistí. "No lo creo." "Pues créelo, Joel. Dios quiere que meditemos un poco más acerca de su palabra y que hablemos menos. Cuando uno entra a la casa de Dios, debemos hacerlo con respeto, darle honor, y hablarle con el corazón." "¿Con el corazón?", le pregunté. "¿Y cómo es eso? Si el corazón no habla." "¡Ay, Joel!", me contestó. "Hablar con el corazón es hablar en silencio. Las cosas que sientes, lo que quieras pedirle, primero piensa en ellas y luego háblale, pero sólo con tu mente. Sin abrir la boca." "¡Ah! Ya entendí" le confirmé, "Pero siempre acuérdate", continuó diciéndome, "la primera cosa que hacer cuando entres a Su casa, es darle las gracias por estar allí esperándote, siempre esperando que vengas a visitarlo y hablar con Él acerca de los problemas que traes. Eso es darle honor. Luego pedirle perdón por tus pecados. Todas las malas cosas que hayas pensado, hecho y dicho, se las cuentas. Si tú lo buscas con fe, Él allí estará para ti." "¿Sí me entiendes?", me preguntó. "Sí", le contesté. Aunque en verdad no entendía su mensaje por completo en ese momento. Pero no me atreví a hacerle más preguntas ya que no quería impacientarla ni que se enojara conmigo por ser tan preguntón. Pasarían muchos años más antes de yo entender por completo el gran mensaje que Martita me daba en momentos como ese acerca de las cosas de Dios.

"Y, para terminar", continuó diciéndome, "Ahora, deja pasar un tiempecito calladito y ya al llegar a casa, hacemos algo para comer y nos agarramos hablando como tamaleros, ¿sí?" "OK", le respondí, mudamente orgulloso en mí mismo por haber dejado de preguntar más antes de que ella me lo dijera y en silencio caminamos los dos hacia casa. Ella pensando en sus hijos que se encontraban en mucho peligro en Vietnam, y yo asombrado de que Dios me conociera hasta por nombre, y el misterio tan grande que era ir a la iglesia a hablar con Él.

Muchos años después, le pude sacar plática, aunque muy corta, a mi hermano Mario acerca una de sus experiencias en Viet Nam. Aunque a él nunca le ha gustado hablar de esto, prefiriendo tomar una posición de humildad, no prono a exageraciones, ni arrogante acerca de su experiencia militar, me contó que su madre le escribía muchas cartas de ánimo y amor para su hijo y en ellas le mandaba una variedad de oraciones para su protección. "Siempre encomiéndate en Dios," le escribía. "En todo momento, pídele que te acompañe y que te proteja del mal. También haz buenas obras siempre." "Pues toca que en una de esas cartas" me contó, "me mandó un lápiz labial color rojo con una oración para que al recitarla, me acompañara el espíritu de Pancho Villa y poder yo pelear contra el enemigo sin miedo e invisible ante ellos." "Aunque siempre, me aconsejaba que, 'primero Dios'. Pues créemelo o no, Joel", me continuó diciendo Mario, "todos los días de batalla, hablaba yo con Dios y recitaba esa oración. Luego me pintaba una cruz roja en la planta de los pies y en el pecho con el lápiz labial a como mi madre me había instruido. Y así, con la camisa abierta del cuello para que relumbrara la cruz, me iba a la pelea gritando '¡En el nombre del Señor y con Pancho Villa a mi lado!' Mi sargento me tenía mucho respeto y decía que cuando me veía así con tanta valentía, él también se sentía más seguro. Pues todo iba bien hasta el día en que me hirieron. Explotó una granada cerca de mí y alguna metralla me entró por una mano y otras partes de mi cuerpo. Recuerdo que veía la luz traspasar por mi mano mientras seguía deteniendo mi ametralladora. Mas en esos momentos sentí un ánimo fuerte y oí la voz de mi madre que me llenaba de oraciones a grito abierto. Nunca me di por vencido porque sentía que ella misma me acompañaba en esa ocasión y yo tenía que regresármele vivo".

Al oír esta anécdota, ¡yo me quedé mistificado! Tan grande era el amor a su hijo, que Martita, quizás sin saberlo, acompañó a su hijo Mario, junto con el ánimo y espíritu de Pancho Villa, en aquel momento cuando él más la necesitaba y se encontraba al otro lado del mundo peleando guerras con las cuales ella no estaba de acuerdo. *Quizás* pensé, *era cuando yo la veía orando en silencio en la iglesia, que Dios mandaba su espíritu a acompañarlo.*

María Juanita

De los once hijos que logró Martita, solo tres eran mujeres. Dos fueron de las mayores y María Juanita fue la tercera al último en el ranking de sus hijos. Todos los más allegados la conocíamos como Juanita. Ya para cuando ella tenía cuatro años, se habían casado los tres mayores, Eusebio, Panchita y Dora, quienes vivían en otras ciudades. Entonces, Juanita quedó como la única niña entre siete hermanos. Muy pronto se casaron otros dos y al poco de llegar a California, Juanita solo era rodeada por cinco. Así es que Juanita vivió su adolescencia en el gran valle de San Joaquín, California y específicamente en la bella ciudad agrícola de Wasco. Eran los años sesenta y el liberalismo se empezaba a enraizar en la cultura americana, la cual nos arrastraba también a los migrantes latinoamericanos. Aunque éramos una cultura muy estricta sobre ciertas cosas como la moralidad, fue difícil no caer entre las tentaciones de la cultura mayor en la cual vivíamos.

La juventud empezaba a utilizar más abiertamente las drogas tal como la marihuana y entretenerse con el sexo libre sin el compromiso de matrimonio. Muchos de nuestros jóvenes se fueron como soldados a la guerra inacabable de Vietnam. Las propagandas de estos nuevos cambios culturales nos atacaban a cada momento por medio de la televisión y radio. Y como todo era en inglés, tenía la juventud la ventaja de oír y atender al nuevo llamado de liberalismo sin que se dieran cuenta los padres a tiempo para intervenir, ya que muchos no entendían el idioma ni los detalles acerca de lo que se les inculcaba a sus hijos. Fuimos los hijos quienes tomamos el papel de trabajadores sociales y traductores para nuestros padres, de las noticias del mundo que pronto cambiaban, los programas de televisión, y en las citas con los doctores.

Pues toca que los padres latinos inmigrantes de esos tiempos se preocupaban mucho por la posibilidad de perder a sus hijos a la maraña de tentaciones que traía la nueva sociedad americana. Temían que las drogas los consumieran y que los valores familiares que nos habían retenido como comunidad por tantas generaciones, se perdieran. Muchas madres, al no saber cómo atender a estas complicaciones culturales, perdieron la guerra y cayeron víctimas a esa enfermedad social. Bueno, muchas, menos Martita. Martita vigilaba a su prole como el águila al suyo. No era mujer que detenía su opinión, y mucho menos cuando se trataba de los suyos. Si a sus hijos varones los protegía hasta en sus sueños, a su hija Juanita, como fiel guardia de los santos.

Pues no fue fácil este arreglo para la pobre Juanita. Su madre fue un poco estricta y Juanita no conocía las mismas libertades que sus amigas experimentaban, ya sea en la escuela o en casa. En una ocasión, escuche que le decía a su madre… "¡Ay, mamá! Todas mis amigas traen sus vestidos cortos y tú quieres traerme como monja, con el dobladillo más abajo de la rodilla. ¡No te imaginas lo que me critican! ¡Me siento como una mensa en la escuela y en la vecindad!" "¡Anda!", le respondió Martita. "¡Y a ti qué te importa lo que la gente opine! Si esas señoras quieren traer a sus hijas como huilas, ¡allá ellas! Y si tú te sientes como monja, pues ¡Amén! ¡Que Dios te cubra entre sus brazos!" "¡Pues sí!" Le insistía Juanita. "Pero no eres tú la que anda vestida como yo. No eres tú la que pasa vergüenzas en la escuela. ¡Yo le voy a subir el dobladillo a mis vestidos y faldas!" "¡Ándale, cabrona! ¡Hazlo y verás!" Pero pronto veía la tristeza en los ojos de Juanita y le agregaba. "Eres una joven, Juanita, no te entregues a las tentaciones del mundo tan fácil. Yo te veo muy guapa como te vistes." "Ay, mamá", le respondió Juanita. Y a Juanita allí se le acababa su momento de rebeldía y se daba por vencida ante su madre. Entendía que su madre era un poco anticuada sobre ciertas cosas, especialmente el vestuario y comportamiento de las muchachas.

Pocos días después, le dio Martita permiso a Juanita de subirle el dobladillo a sus faldas y vestidos un poco arriba de la rodilla. Vi en su rostro la inseguridad con lo que lo decía, pero creo que en ese momento aceptó que el mundo había cambiado mucho de cuando ella fue joven y accedió, aunque un tantito, al mundo nuevo. ¡Y Juanita, encantada! Al siguiente día, vi que iba muy segura de sí misma y con una sonrisita en su cara. Me imaginé el orgullo que sentía ya que sus amigas no se iban a burlar de ella por su estilo de vestir. Volteé hacia Martita y le pregunté, "¿y ahora por qué cambiaste de opinión y la dejaste ponerse el vestido más corto?" "Anda, Joel" me respondió. "Pobre Juanita. Yo sé que es joven y bonita y quiere andar a la moda. Pero a mí me causa miedo en que se le arrime algún sonso y le lave el coco." "¿Y qué quiere decir eso?", le pregunté. Y aumentando su voz me contestó, "¡Ay, Joel! ¡Que se le arrime algún chisqueado a manosearla y abusar de ella!" "Oh", respondí yo. "Ya entendí." Pero en realidad, yo no había entendido nada. Francamente, pensé en que el temor de Martita era que la golpearan las otras muchachas por celosas. Tiempo después, comprendí la complejidad a la que ella se refería cuando hablaba del abuso contra una mujer.

Toca que en aquellos tiempos se acostumbraba durante el verano en la mayoría de los pueblos agrícolas por todo el Valle de San Joaquín, que los grupos comunitarios mejicanos organizaran unas fiestas semanales para la familia. En Wasco, se le llamaba La Jamaica. Esta consistía en juegos de lotería para los adultos con una variedad de premios. Los premios eran muchos que consistían de vajilla y trastes de cocina, prendas de cama y otros artículos para el hogar, todo, cosas que la gente codiciaba. La otra parte del evento era un baile con grupo musical en vivo. Esta era la parte del evento que más apreciaba la juventud y aprovechaban para conocerse las chicas y chicos. Y, Juanita, como a toda muchacha joven, le encantaba el baile. Pero para poder ir, tenía que atravesar un campo de minas que le ponía Martita en casa. Lavar la ropa de la semana, planchar, hacer tortillas, limpiar la casa, etc. Y luego al final, si Martita estaba de humor, la dejaba ir. ¡Pero no sola, sino acompañarla ella! Pero aún así fueron muchas las veces que Juanita fue a los bailes de La Jamaica, y muchas fueron las veces que Martita aprovechó para recordarle que ella era quien mandaba.

Normalmente esos bailes se terminaban para las once de la noche y por costumbre, Martita ya estaba lista para irse a casa desde antes de las diez. Y si Juanita no salía del corral donde se presentaba el baile, se arrimaba Martita a la cerca de alambre tejido como lo hizo en esta ocasión y le empezó a gritar en voz muy animada, "¡Juanita, ya vámonos mija! ¡Ya es muy noche!" Y toda la gente volteaba para ver quién era esa mujer tan segura de sí misma que hasta le gritaba a su hija sin pena ninguna que la gente oyera, diciéndole que ya le había llegado la hora final del baile. Y luego volteaba el montón así adentro del corral rumbo al grupo grande de bailadores, para ver si divisaban a la tal Juanita cuya madre la buscaba tanto. Yo, quien estaba a un lado de mi madre, oía que se preguntaban algunas de las señoras en voz baja, "¿Será aquella, la Juanita?" mientras apuntaban hacia alguna chica en el montón. "¡No creo!", le respondieron otras, "¡se me hace que es esa!" apuntando hacia otro lado. Y así se la pasó la gente cercana en esos momentos, involucrados en un juego de adivinanza, tratando todos de identificar a la elusiva Juanita, apuntando sus dedos digitales hacia el corral mientras volteaban sus cabezas en unión hacia la derecha y luego a la izquierda.

La pobre Juanita escuchando a su madre desde adentro del corral y muy apenada, sólo sonreía y se perdía entre los bailadores, ¡quizás pidiéndole a Dios que no se diera cuenta la gente que era ella la Juanita a quien su madre aclamaba! "¡Juanita!" volvió a gritarle Martita. "¡Si no te sales ahorita mismo, cabroncita, ya no te voy a dejar venir!" ¡Y la gente fascinada con el espectáculo de Martita y sus palabras en voz alta! Quién hubiera pensado en utilizar palabras fuertes, sino groseras, tal como *cabrona*, utilizar el diminutivo, y, así, darle un carisma. Algunas de las mujeres también empezaron a llamarle a sus hijas que ya era hora de salir. Habían agarrado ánimo al oír a Martita y se les fue la pena, también insistiéndole a sus hijas que ya era hora de salir. Pero ellas les llamaban a sus hijas en voz baja, no se animaban a echarles el grito abierto de Martita: "¡Juaniitaaa!"

Y Juanita, quizás al haber contemplado las ventajas y desventajas de obedecer o no a su madre en ese mismo instante, optó por tratar de aprovechar un poco más del fandango. Se animó a enfrentar a su madre y arrimándose al cerco por dentro le dijo: "¡Ay amá! ¡Ya mero se acaba, ¡déjame bailar un ratito más!" ¡Ya para entonces estaba un montón de gente y en particular, algunas mujeres amontonadas alrededor de Martita encantadas por fin de conocer a la misteriosa Juanita y esperando ansiosamente la respuesta de su madre! Algunas sonriendo y ya sintiéndose ser parte del círculo de Martita, le apoyaban diciéndole a Juanita "Ay mija, es que su mamá ya está cansada y se quiere retirar a su casa." Juanita siendo la chica respetable que su madre había criado así, solo les sonreía y les decía,

"Gracias." Pero ya para entonces, Martita perdió su paciencia y le dijo en voz alta "¿O quieres que te traiga la almohada para que te quedes a dormir aquí? ¡Ándale, ya vámonos!" ¡Y la gente suelta una risa alterada! ¡Dizque traerle la almohada! ¡¿Quién lo hubiera pensado?! Juanita por fin se dio por vencida, se despidió de sus amistades y se rindió a la insistencia de su madre.

Esa noche, nos fuimos caminando a casa. Martita aconsejándole a Juanita acerca de las virtudes de la mujer que se da a respetar y Juanita quizás perdida en el recuerdo de la Jamaica y los muchachos que la habían sacado a bailar. Yo, pues muy apenado por tanta gente que fue testigo del atrevimiento de mi madre y sintiéndome mal por Juanita. *Pobre Juanita, pensaba yo, que pronto se le cortó la fiesta.* Y ella viéndome, instintivamente me dijo en voz baja y en inglés, "I'm OK, I had lots of fun." "Estoy bien, me divertí mucho."

¡Huelga!

Un día durante el verano de 1965, Juanita, ya acercándose a los 16 años, y nuestro padre, don Carmen, se fueron a la pizca de uva cerca de Delano, California. Fue allí, donde se empezaba a realizar un movimiento de huelga contra los rancheros y dueños de las compañías que procesaban las uvas, por no pagarle lo adecuado a los trabajadores y por el abuso humanitario contra ellos en el fil. Pues en ese entonces, la familia de Martita, como toda gente migrante, necesitaba trabajar para poder sobrevivir. En esa ocasión, mientras ellos pizcaban uva, empezaron a llegar los huelguistas a las orillas de las labores gritándole a los trabajadores que se salieran y que los acompañaran en el acto de la huelga. Les gritaban que se les estaba abusando y solo con hacer huelga podían ganar cambios positivos para los obreros. Juanita al escucharlos, empezó a entender lo serio del caso y le rogaba a su papá que se salieran y apoyar a los huelguistas. Don Carmen, muy preocupado por lo mismo le insistía a su hija que los ignorara y siguiera trabajando. Le recordaba que necesitaban trabajar para comer.

Juanita muy apenada, pero también muy obediente a su padre, siguió trabajando a su lado y solo le sonreía a los huelguistas, señalándoles en secreto que su padre no entendía la razón por la huelga y no se quería salir. En ese momento se aprontó un fotógrafo, les tomó una foto y anotó sus nombres. Les preguntó qué porqué no se salían y don Carmen le respondió "porque tenemos que comer. Y si nos salimos, ¿quién nos va a pagar por el día de trabajo que perdimos?" "OK", respondió el reportero. "Y usted, señorita, ¿qué piensa?" Siendo que el hombre hablaba inglés y ella le había traducido a su papá, escogió contestarle ahora en inglés para no incomodar a don Carmen. "Yo tengo que obedecerlo a él", le dijo. "Es mi papá. Él no entiende la razón por la huelga y aunque yo sí, tengo que seguirlo." "OK", respondió el reportero de nuevo, "Gracias". Al fin, fue tanta la insistencia de los huelguistas y de Juanita en esa mañana que don Carmen por fin acedio y se subieron los dos al carro y se fueron a casa.

"A ver cómo nos va con tu mamá", le decía don Carmen a su hija. "Pues ni modo apá" le contestó ella. "No fue que no quisimos trabajar, sino que no nos dejaron trabajar los huelguistas." "Pues sí" dijo él, "pero a ver cómo nos va con tu mamá." Ese día, al verlos regresar muy temprano del trabajo, salió Martita a la puerta y les preguntó, "¿qué pasó? ¿Les agarró la huevonada?" "No, Marta", contestó don Carmen, "no nos dejaron trabajar. Andaban haciendo huelga y nos corrieron." "¡Anda, sí!" respondió Martita, "y ustedes que se vinieron corriendo de gusto!" "Amá", le dijo Juanita, "Es en serio, había mucha gente y policías, y nos hicieron salir del fil. No dejaron que trabajáramos." "Qué raro", contestó ella, "se les va a podrir la fruta." "De eso se trata" le respondió Juanita. "Eso es lo que quieren los huelguistas. Para que las compañías sientan la pérdida de los trabajadores que tanto maltratan."

A los pocos días, llegaron dos reporteros, uno de habla hispana, a nuestra casa con el deseo de entrevistar a don Carmen y a Juanita. "¿Quién los busca?" preguntó Martita, asustada. "Somos periodistas", le contestaron. "Queremos escribir un reporte sobre ellos porque no se querían salir de la labor cuando se les insistía por los huelguistas. Mire, aquí traemos una copia de la revista con su retrato que se les tomó en la labor y entendemos que no todos los obreros están a favor de la huelga y queremos hacerles unas preguntas". Para esto, estaban don Carmen y Juanita refugiados en la recámara, creyendo que quizás venían para arrestarlos por no obedecer a los huelguistas rápidamente. ¡Y ahora, hasta con foto como prueba! Pues, en eso se fue Martita a la recámara y le llamó a su esposo, diciéndole que los buscaban. Salió don Carmen y habló con ellos. Fue tan poca la información que compartió, que ellos insistieron en entrevistar a Juanita. Pero entonces, habló Martita de nuevo y les preguntó que si le iban a dar una recompensa por poner su nombre al público. "¡O no!", le contestó uno de ellos, "esto solo es noticia pública para el pueblo, no se paga por una entrevista." "Pero venden el periódico y las revistas, ¿sí?", les preguntó ella. "Entonces deben darles a Juanita y a su papá de perdido lo que perdieron por no trabajar en estas semanas. Y, además, pagarles también por esa foto que imprimieron sin su permiso." "¡Oh no!", le contestó el reportero de nuevo. "Eso no es posible." "Solo la entrevistaremos por quince minutos, no más." "¡Ah!", le dijo Martita, "entonces no hay entrevista tampoco y mi hija no sale. Ustedes quieren venderle al público la opinión del pobre, incluyendo fotos ¡¿sin pagarles?! Váyanse mejor a buscar algún ignorante que les dé la información que ustedes buscan robar." "Pero ¡señora!", le insistió uno, buscándole por el lado humorístico o quizás utilizando un poco de psicología, "si nuestro reporte es reconocido por la nación, ¡quizás su hija se haga famosa!"

En ese instante Juanita se levantó de la cama donde estaba sentada y escondida de los visitantes y arrimó su oído a la puerta para asegurarse de que había escuchado bien. "¿Hacerme yo famosa?", me murmuró. Y por el momento, vi sus ojos brillar y en su cara la alegría que sintió al pensar que ella pudiera ser alguien importante en el mundo. "Y que me paguen bien", agregó. "Quizás me paguen miles." Hasta en mí, por el momento, recorrieron imágenes de Juanita siendo solicitada por su opinión acerca de la huelga y que un día, por medio de esa fama y dinero que le pagarían, nos íbamos a vivir a otro lugar mejor adecuado para nosotros, que el barrio donde existíamos.

Pero Martita, sin perder un paso, les respondió al instante en voz fuerte, "¡¿Famosa?!" "Sí", le contestaron ellos, creyendo que ya la habían conquistado, "existe esa posibilidad." "¿Pues de qué le va a servir ser famosa ante el mundo y perder su alma ante Dios?!", les contestó. "¡Más pronto sería que me la echen a perder ustedes con sus diablurías! ¡No señores! ¡Nada de eso! Váyanse mejor, y que Dios los bendiga". Los hombres, asombrados por la franqueza y sabiduría de Martita, se despidieron pronto y jamás se volvieron a ver por esos rumbos. Juanita por el momento, allí sentada en la cama y escondida del mundo, regresó a su humilde realidad mientras se le escaparon sus quince minutos de fama. *Pobre Juanita*, pensé yo. *Ni la fama le tocó, ni de la pobreza nos sacó.*

Capítulo ⟪ 8 ⟫

Recién Llegados

◆

Asociación de Padres y Maestros (El PTA)

No teníamos más que un año de haber llegado a California. En Wasco, yo entré al segundo grado de la escuela elemental, ya que fui el único de mi clase en Tejas que había pasado al segundo. Bueno, así me lo contó mi sobrino Gil quien estaba en la misma sala que yo. Me dijo que habían retrasado a todo el grupo. Yo, me enorgullecí y prometí ser el mejor alumno en esta nueva clase también.

Pues toca que llegó la ocasión del PTA, cuyas letras identifican el Parent/Teacher Association, o sea, la Asociación de Padres y Maestros. Durante los previos meses, la maestra había acumulado lo mejor de nuestro trabajo escolar para presentarle a los padres durante el evento PTA. Semanas antes, nos recordaba que animáramos a nuestros padres a venir a la escuela y a nuestro salón en particular para hablar con la maestra acerca de nuestro aprendizaje y consumación de trabajo durante el año escolar. Yo cada día le recordaba a Martita que se preparara para el evento ya que se iban a mostrar los trabajos de todos los alumnos para que los padres supieran del avance escolar de sus hijos. Yo estaba aprendiendo a escribir en letra cursiva y a leer libros primarios. También se me enseñó a dibujar y a escribir frases cortas.

Pues llegó el día del PTA y ya al atardecer, mi casa era una de escándalo. Mi madre se puso un vestido café, ondulado de abajo y que llevaba un cinto ancho y apretado color crema, haciéndola verse más delgada y alta ya que también se había puesto unos tacones altos color crema que le hacían juego al cinto. Además, se había enrizado su pelo canoso y yo en ese momento, quedé asombrado, ya que, en ese mismo instante, me confirmó ser la mujer más bella del mundo. Parecía artista del cine. Pero antes de salir, recordó algo y regresó a su bolsa para sacar lo que ella le llamada su "lipistik" para untarse en los labios. Su expresión, siempre muy ranchera, fue que se iba a "embarrar un poco de lipistik." Yo estaba impresionado por la transformación de mi madre de una mujer común del barrio a una señora elegante y bellísima. Y al terminar con su transformación, nos fuimos los dos caminando entre la noche que nos había alcanzado por el callejón donde vivíamos y rumbo a la escuela. Entramos los dos juntos a mi clase, yo ansioso por presentársela a mi maestra y ella ansiosa por que se acabara pronto el asunto para regresar a casa y seguir con su trabajo cotidiano. Martita había hecho el esfuerzo de ir por tanto que le había insistido durante las últimas semanas, así como nos lo instruyó la maestra y también porque yo quería lucirle mi trabajo escolar. Ella se detenía y se apenaba un poco por su falta de inglés.

Pues al entrar, me dirigí a mi maestra quien hablaba con otros padres de los niños gringos. Al ver a mi alrededor, noté que mi madre y yo éramos los únicos latinos. En primer lugar, porque en ese entonces la mayoría de la población en esa ciudad era gringa, y en segundo, porque los padres mexicanos no eran muy afectos a atender ese tipo de evento. Pronto noté que muchas señoras volteaban hacia mi madre y le saludaban con mucho afecto. "Hello", le decían. "Jaló", contestaba ella, y les sonreía lo que era un encanto. También me miraban a mí y luego la veían a ella de nuevo, como sorprendidos. No fue hasta muchos años después que empecé a comprender que esa curiosidad que llamábamos cuando juntos, fue porque ella era una mujer de tez blanca y yo, moreno. Mucho después entendí que yo me parecía mucho más a mi padre, y en particular en su color de piel. Entonces, era que Martita llevaba un parecer europeo, y a mí me confundían con una persona indígena. Decía mi madre que solo se debía a los ojos grandes que yo tenía y no el color de mi piel. "Aunque tus ojos son los de mi madre", me aseguraba. Y yo, pues me sentía un poquito mejor.

Al terminar su conferencia con los otros padres, la maestra volteó hacia mí y me dijo "¡Joel! ¡Qué bueno que estás aquí!" Y al presentarle a mi madre, la maestra exclamó, Nice to meet you! "What a beautiful woman you are!" Yo espontáneamente le traduje a como siempre era mi trabajo de traductor; "dice que es un placer conocerte y que estás muy bonita". "Ah", me respondió. Y volteándose hacia ella le respondió "Ténkiu. Tú también." Yo, le traduje diciéndole a la maestra "She says thank you and that you too are beautiful", y ella sonriendo, la dirigió hacia los trabajos míos que estaban pegados en la pared para que mi madre los viera. Al mismo tiempo le decía que yo era un buen alumno y que hacía todo mi trabajo bien y como ella me lo pedía.

Mi madre no parecía ponerle mucho enfoque a mis trabajos en la pared. Solo decía que todo estaba muy bueno y seguía escuchando mi traducción de lo que mi maestra decía. Cuando vio el momento apropiado, le preguntó a la maestra que cómo era mi comportamiento. Ella quería saber acerca de mi actitud en clase, ante la maestra y con los demás. Al explicarle yo a la maestra lo que mi madre deseaba saber, ella contestó en lo positivo. "Ah, muy bien", le dijo. "Joel es muy respetuoso con todos. En eso no hay ningún problema. Es muy buen alumno". Y luego dijo algo que me enorgulleció y quedó impreso en mi mente por el resto de mi vida. Le dijo a mi madre que si tuviera otros veinte alumnos como yo, ella fuera la maestra más feliz del mundo. Al traducirle esto a mi madre, ella lo tomó como el resumen de la conferencia con la maestra y le agradeció su paciencia conmigo. Luego se dirigió hacia las galletas y un ponche que estaban en una mesa y me preguntó que si las vendían. "Ah, no", le dije. "Son gratis". "¡Ah, qué bueno!" me contestó, y en voz baja, me murmuró, "de perdido una recompensa por la caminada." Y así, tomó algunas cuantas y me preguntó que si se podía llevar algunas para el café de mañana. "No", le contesté, "no nos vayan a correr." "Anda", dijo, "estaría mejor. Al cabo ya acabamos aquí, vámonos". Pero antes de salir me dirigió a que yo también agarrara otras cuantas galletas para compartir con mi hermano Héctor.

En la caminata hacia la casa yo iba un poco molesto y callado, pensando en lo ocurrido. Mi madre, notando mi distancia, me preguntó, "y tú, ¿ahora qué traes?" "Nada", le contesté. "Solo que vengo triste porque ni cuidado le pusiste a mi maestra ni a mi trabajo. Sólo te interesaba mi comportamiento. Te decía que yo era muy inteligente y tú como si nada." "¡Anda!", me respondió. "¿Eso es lo que traes? Mira Joel, yo no necesito que tu maestra me diga que eres inteligente. Eso yo ya lo sé. ¡Te conozco desde que naciste! Lo que a mí sí me importa es saber que te portas bien en la escuela, con la gente en general y con tus maestros. ¿Por qué? ¡Porque tu comportamiento es un reflejo de cómo te crié! Y si tú te portas mal, van a pensar que así te enseñaron tus padres. El orgullo mío es saber que respetas y amas al prójimo como Dios manda. Y además sí vi tus trabajos en la pared, pero ¿de qué me servía quedarme viéndolos tanto si ni siquiera sé leer el inglés? Mucho menos entender de qué se trata lo que escribiste. No vaya a parecer una mensa allí ante la pared viendo algo que ni entiendo. ¡Ay, no!" "Y además si eres tan inteligente como dice tu maestra, ¿por qué no lo veo tanto en tu hermano Héctor?" Toca que Héctor y yo éramos los últimos dos hijos de Martita. Él, mi mayor por tres años. "¿Mi hermano?," le pregunté. "¿Y yo qué tengo que ver con él?" "¡Ándale! Ya ves", me contestó. "Allí es donde me fallas. Porque si tú eres así de tan inteligente como me lo dice tu maestra, ¿por qué no le ayudas a Héctor con su tarea para que él también pueda resaltar como tú?" "¡Ah, no!" le contesté. "Él es él y yo soy yo. No es mi culpa que él no se aplique como se le pide. ¿Por qué ahora quieres hacerme sentir culpable por eso?" "Porque tu lugar, Joel, ¡es ayudar al prójimo!" "¿Y qué es eso?" le pregunté, "¿El prójimo?" "Pues el prójimo es cualquier otra persona", me respondió. "Estamos aquí en este mundo para ayudarnos los unos a los otros. No es bueno que tu presumas tu inteligencia mientras el prójimo se atrasa." "¡Ah no!," le contesté, "eso no está bien, tener que cargar yo con la huevonada de otro." "Pues no" me dijo. "No es que sea un huevón. Es solo falta de entendimiento. Sus dones son otros y los tuyos, el estudio. Así es que, si quieres impresionarme, ayúdale en lo que puedas. Pobrecito. Y entonces allí, sabré yo si verdaderamente eres niño de Dios o del chamuco. Porque en este mundo… ¡O todos hijos de Dios, o todos hijos del Diablo!" "¿Pero por qué yo?" le insistí. "Nunca te he oído decirle esas cosas a los demás", refiriéndome a mis hermanos. "Ah", me contestó. "Sí se los digo. ¡Pero es una de dos cosas… O no me entienden, o no me hacen caso… ¡O quizás las dos!" "¿Y qué quieres decir con eso?" le pregunté. "¡Ay Joel! ¡Pues que son unos burros! Tú eres diferente a todos. Eres un buen niño, me escuchas, y me obedeces." *Bueno*, pensé yo. *Quizás no esté tan mal su consejo. De perdido no piensa que yo también soy un burro.*

Pues esa fue mi lección acerca del PTA. El mundo no se trata de mí a solas como me lo enseñaban en la escuela, ser competitivo e independiente de los demás, sino de mí, mano a mano, con mi hermano, con el prójimo, aprendiendo y avanzando juntos.

En Wasco

No teníamos mucho de haber llegado a Wasco. Vivíamos en unas casitas que hacían frente a un callejón detrás de los edificios de comercio por la calle central, la Siete. Éramos ocho personas viviendo en una casa pequeña que consistía de una sala, una recámara, la cocina, y un cuartito que se usaba como lavandería. Muy apenas cabíamos tantos en ese pequeño lugar, pero creo que sí éramos felices. En ese entonces no nos veíamos como pobres, solo como gente migrante que seguíamos los trabajos agrícolas. Mi papá y mis hermanos mayores se iban todos los días a trabajar. Existía una variedad de empleo durante el año, ya sea la pizca de uva, sandía, ajo, cebolla, papa, y también el deshije del algodón. Por las tardes llegaban todos cansados a bañarse y luego comer lo que mi madre les había preparado. Eso sí, siempre había comida preparada por ella para todos. Pero ella también se cansaba con su trabajo de hogar con eso de levantarse por la madrugada para prepararles el lonche que se llevarían los trabajadores y luego lavar y planchar tanta ropa, limpiar la casa y hacer de comer. Yo, como siempre, la seguía por todos rumbos y le ayudaba en lo que podía. Mas fui un poco necio porque nunca tenían fin mis preguntas. Todo deseaba saber. A ella le gustaba prender la radio y acompañar en voz alta las canciones que salían. A mí me fascinaba oírla y verla feliz. Solo que no me podía contener con las preguntas. ¿Por qué te gusta esa canción, qué quieren decir con esas palabras, dónde aprendiste a cantar? Habían veces que la impacientaba, y me hablaba en voz alta. "¡Joel!", me gritó en una ocasión. "¡Ya déjame en paz! ¿Por qué no te vas pa' fuera a buscar un quehacer allá? Ponte a barrer el patio o a recoger la basura que encuentres. O en fin, ¡vete a jugar con tus amiguillos!" En esos momentos cuando yo sentía que me regañaba, me salía para fuera a buscar algo que hacer y darle su tiempo a solas, aunque me costaba emocionalmente. Yo la adoraba. Para mí, era como una bella princesa y yo era su fiel amigo. Pero por el momento, trataba de entender. *No es que no me quiera*, pensaba yo, *es que soy muy necio*. A esa edad, trataba conscientemente de portarme bien y no impacientarla. *Cuando me deje entrar*, seguí pensando, *voy a estarme callado y no hacerle tanta pregunta.*

Pues esa tarde después de que había terminado con todo el quehacer del día, la encontré acostada en un colchón que teníamos afuera en el pequeño patio de tierra. Allí, se acostaba por las tardes para descansar y relajarse. Pero ya de noche, se metía a casa porque ese colchón era la cama de algunos de mis hermanos que no encontraban lugar adentro. Al verla allí, me le acerqué y me abrazó muy fuerte. Me apegó a su cuerpo y me murmuró. "No estoy enojada contigo. Solo que hay veces hablas mucho. No te sientas conmigo ni creas que ya no te quiero. Eres el más pequeño del montón que me tocó y te quiero mucho. Tú y yo vamos a estar juntos para siempre." Al oír esas palabras, volví a sentirme completo de nuevo y la abracé con mucho amor. *¡Mi madre!*, pensé yo, *¡sí me quiere! Y siempre voy a ser un niño bueno para que nunca me corra ni me grite.* Y en ese momento empezó mi madre a arrullarme con un cántico de la iglesia; *Bendito, bendito, bendito sea Dios. Los ángeles cantan y alaban a Dios.*

Al siguiente día, almorcé con mucho ánimo y me salí temprano a la calle. Había sacado yo cuentas de los días que faltaban para el cumpleaños de mi madre y necesitaba juntar dinero para comprarle el mejor regalo que pudiera. En ese entonces, las tiendas compraban las botellas vacías de soda. Yo sabía que mucha gente las tiraba por las calles, los callejones y en los basureros después de beberse el contenido. Pues yo, con una bolsa de papel en mano, me fui por las calles buscando botellas. Encontré varias y las llevé a la tienda a venderlas. En unas horas, ya había juntado como diez centavos y me sentía el chico más feliz del mundo. No por el dinero que había juntado en ese rato, sino porque había encontrado éxito en este trabajo y yo sabía que, al aplicarme todos los días, ¡muy pronto pudiera juntar un dólar o más, y comprarle a mi madre un regalo de lujo!

A los cuantos meses, llegó su cumpleaños el cual es en el día de San Valentín. Yo le había hecho unas tarjetas con corazones en la escuela y le había comprado una botella de loción Jergen's, la cual me decía era su favorita. No podía contener mi emoción al ver que abría el regalo que yo le había dado. Al ver todo, vi que se le salió una lágrima y a la vez una media sonrisa. "¡Joel!" exclamó. "¡Gracias por este regalo tan especial! ¿De dónde sacaste el dinero para comprarlo? ¡Vale más que no te los hayas robado!" "No amá", le contesté. "Vendí muchas botellas de soda y con ese dinero te lo compré." "Ay Joel", me respondió. "¡Qué buen hijo eres!" Luego me dio un abrazote que jamás olvidé. Sin embargo, quedé con la tristeza de que hubiera pensado que me robé el dinero para comprarle su regalo. Pero a la vez, quizás lo dijo como advertencia de que nunca anduviera haciendo tales cosas.

El Sótano

No hacía mucho que habíamos llegado al gran estado de California. Vivíamos en Madera, un pueblo placentero agrícola donde estuvimos solo unos meses. Mi papá y hermanos se iban todos los días a pizcar uva o duraznos y en una de esas ocasiones, nos quedamos mi madre y yo solos. La casita era chica de dos recámaras y un sótano que siempre estaba vacío. Aunque éramos muchos, a mis padres nunca les inspiró utilizar ese lugar como recámara para dormir algunos de nosotros. Mi madre decía sentirse con un poco de temor acerca de ese "pozo". "Aquí hay malos espíritus", nos comentaba.

Pues toca, que, en esa ocasión al quedarnos solos, se le ocurrió a mi madre embotar duraznos. Ya había conseguido los frascos de antemano y los puso en el fregadero para lavarlos con agua caliente. Luego los enjuagó, los secó y los puso sobre la mesa de cocina. Aunque yo tendría unos siete años, ya sabía hacer muchas cosas, pues mi madre fue muy estricta en eso; que aprendiéramos desde chicos los quehaceres del hogar. Ella decía que, aunque éramos hombres, teníamos que aprender a trabajar en casa no solo para ayudarle a ella, sino también para que no nos vayamos a apendejar ya de grandes al no saber nada de los quehaceres del hogar ni saber ayudarle a las mujeres. "Y además", seguía diciendo, "si no se enseñan a hacer la limpieza de cualquier lugar, ¡van a vivir como marranos!" Yo muy bien entendía lo agudo del mensaje y pronto me enseñé a lavar platos, barrer o ayudarle en la cocina como lo hacía en ese momento. En el trabajo de embotar duraznos, yo le ayudaba a pelarlos y rebanarlos para ella luego ponerlos en una olla y hervirlos con azúcar. Yo la veía con fascinación, maravillado con las cuantas cosas que mi madre sabía hacer. Ya me imaginaba comiendo la mermelada con tortilla de harina, las cuales hacía casi a diario.

Pues en eso que empezaba a hervir la olla de duraznos, oímos un tocar fuerte en la puerta de entrada. Yo pensando que era mi papá y hermanos que habían llegado temprano del trabajo, corrí hacia la puerta para abrírselas. Para mi sorpresa, ¡no había nadie afuera! "¿Quién es?" preguntó mi mamá desde la cocina. "Nadie" le respondí, "no es nadie".

"¿Cómo que nadie, Joel? ¡Fíjate bien! A lo mejor ya se encaminaron hacia la calle." Yo, asomándome hacia fuera de la puerta, volteando para todos lados no vi a nadie y le repetí, "no hay nadie." "¡Vaya! Qué raro" respondió ella. Y no creyéndome se acercó también a la puerta, la abrió, se asomó por todos lados y se puso de acuerdo. "¡Ah, jodido!" respondió. "Y qué fuerte tocaron. ¿Qué querrán estos cabrones?" "¿Pero quién?" le pregunté yo, "Si no hay nadie." "Han de ser los espíritus" me contestó. Yo, en ese instante me le apegué y fuerte la abrazaba siendo que me entró un miedo por lo que sugería. "No te asustes", me dijo. "Tenemos que investigar."

Juntos caminamos por los cuartos vacíos de gente, ella preguntando en voz alta, "¿quién eres? ¿Eres bueno o malo? Si eres bueno, déjame saber cómo ayudarte. Pero si eres malo, cabrón, ¡mejor lárgate!" Y en ese instante oímos con claridad que alguien pisaba fuertemente sobre los escalones de madera que iban rumbo al sótano, como si llevaran prisa en su camino. Yo grité del susto y me apreté más a ella. "¡Vamos a ver!" me dijo. "¡No!" le insistí yo. "¡No nos vayan a matar!" "¿Quién?" respondió. "Si no ha entrado nadie." "¿Entonces quién anda en el sótano?" le pregunté. "¡Sepa!" me contestó, tomando en sus manos una de sus armas fuertes contra la maldad, una veladora blanca que siempre tenía prendida en la sala, y nos encaminamos rumbo a la puerta del sótano, la cual estaba en el piso. "Estira la puerta y ábrela", me dijo. "¡N'ombre!" le contesté yo. Entonces ella, frustrada por mi resistencia, se agachó para abrirla y cuidadosamente entramos. Luego con su dedo digital sobre sus labios cerrados me avisaba que no hiciera ningún ruido. Yo, temblando de miedo, la seguía y aunque ni ella ni nadie me oía, mi corazón mudamente gritaba de terror. Paso por paso, caminábamos hacia abajo hasta llegar al piso de tierra del sótano. Ella alumbraba su luz entre la obscuridad por todos lados y no veíamos nada más que las telarañas en las esquinas de las paredes y en el techo. "¡Ah carajo!" por fin dijo. "No hay nadie, ¡vámonos!" Yo, con mucho ánimo, corrí hacia arriba estirándola con mi mano para llegar a la cocina rápido y quizás salir corriendo hacia afuera. Pero ya en la cocina, me detuvo y me preguntó "¿A dónde vas?" "¡Pa' fuera!" le respondí. "Ay Joel, y los espíritus, ¿qué? Quizás es algún alma perdida buscando la paz. Hay que rezar por él." "Ándale, sí" le confirmé, "pero afuera". "Ah no" me respondió. "Aquí en la sala, a donde vamos." Luego puso la veladora blanca en la misma mesita de donde la había agarrado, encontró su rosario, se sentó en una silla, y empezó a rezar. "Y yo, ¿qué hago?" le pregunté. "Tú también habla con Dios y pídele que nos proteja de las cosas malas y que te enseñe a caminar como buen cristiano para ser siempre protegido por Él." "Sí", le respondí. Y vi que ella cerró sus ojos y con su rosario en mano empezó a murmurar en voz muy baja. Yo veía que sus dedos adelantaban las bolitas del rosario y muy apenas la oía hablar con Jesús y María. Me senté en el piso y por falta de experiencia, solo aclamaba a Diosito que nos acompañara y que no se fuera de esa casa para que no vinieran los espantos a llevarnos al mundo de los muertos.

Más tarde, cuando llegó mi papá, yo lo esperaba ansiosamente para ser el primero en platicarle lo sucedido. Al escucharme, no me la creyó y volteó hacia mi mamá y le pidió clarificación. "¿Qué trae este?" le preguntó. "¿Pues qué pasó?" "Son los espíritus, Carmen" dijo ella. "Vas a creer que tocaron fuertemente la puerta y al fijarnos, ¡no había ni un alma! Me ofrecí ayudarles si es que fueran espíritus buenos pero muy claro les dije que, si eran malos, ¡que se fueran mucho a la chingada! ¿Crees tú, que en ese instante se oyeron pasos apresurados por los escalones del sótano? Fuimos a ver, y de nuevo, ¡nada! Andará algún alma perdida buscando quien haga buena obra para su bien." "Pues sí" le contestó mi papá, "pero con ese carácter tuyo, la has de haber asustado." "¡Ja! ¡ja! ¡ja!" respondió ella. "Pues sí, si anda en el mal, ¡mejor que se largue mucho a la tacuacha! Y si es bueno, que me lo avise. Pero, nada. ¡No volvió ni por el cambio!" "Claro que no" dijo él. "Te aseguro que lo asustaste con tu genio. Y a Joel, ¿cómo le fue?" "Bueno" contestó ella, "creo que Joelito quizás se haya zurrado en los pantalones, pero aguantó. ¿Verdad, Joel?" Yo, aunque apenado por lo que le decía a mi papá de mí, le confirmé que era cierto, me había asustado mucho, pero de haberme zurrado en los pantalones, no. ¡Casi, pero no!

Mi mamá siguió su conversación con mi papá. "Así es que tú también, en tus momentos a solas, pídele a Dios por esa alma perdida. Sabe Dios por qué se ha resignado al subterráneo. No sea que haya muerto allí y su espíritu no encuentre el camino al otro mundo. O todavía, que vaya a ser algún espíritu que nos ha seguido hasta aquí de donde vinimos y pide que lo recordemos en oración". "Ándale, sí" le respondió el.

El Juguete

En otra ocasión andaba yo con mi hermano Héctor explorando nuestra vecindad, la cual parecía ser un poco antigua. Cuando ya muy metidos en la aventura, dimos con un establo abandonado que guardaba muchas cosas de misterio para nosotros. Vimos muebles decrépitos en el piso y herramientas usadas colgadas en las paredes. Había también mucha basura y entre todo, algunos juguetes, ya destrozados. Todo parecía ser obsoleto ya que estaban muchas de las cosas cubiertas de polvo y telarañas. En un rincón, vimos una mesita, también ya muy vieja y llena de tierra. A su lado, una silla también polvorienta. Era como si alguien se sentara allí para descansar. Mas era obvio que hacían muchos años que no era ocupada por alguien. Pues por casualidad, al estar Héctor y yo viendo la mesa y silla, se nos fue la vista hacia arriba donde entre una pared rota y detrás de unos tablones de madera, dimos con un objeto de madera medio escondido entre esas tablas, el cual tenía la forma de dos personas, hombre y mujer, y cabía en mi mano. La figura femenina estaba de rodillas, con la cadera en posición alta, apoyándose con sus manos por adelante en el suelo mientras el hombre, estaba como en cuclillas por detrás y muy apegado a ella, como si queriendo abrazarla de espaldas. La misma imagen masculina tenía su pene extendido. El aparato también tenía un resorte escondido y cuando uno tocaba al hombre, él movía su cadera hacia adelante y atrás, metiéndole su miembro a la mujer. Claro, en eso momento, no entendí yo lo que hacían, ni mucho menos el propósito de su juego, pero sí quedé mistificado con ese juguete. Pensé que quizás algún niño de otro tiempo se sentaba en la silla y jugaba con él, y al terminar lo escondía de nuevo entre las tablas de la pared para que nadie se lo robara. Noté en Héctor un mejor entendimiento que el mío pero a la vez lo vi un poco preocupado también. Su instinto era esconderlo de nuevo y dejarlo allí, pero yo, con mucha emoción por su misterio, no estuve de acuerdo con él y opté por llevárselo pronto a mi madre para que lo viera y ver si ella podría explicarme su significado.

Cuando por fin llegamos a casa, le dije con mucha emoción a mi madre, "¡Mira mamá! ¡Nos encontramos este juguete tan raro!" Y yo desesperado por enseñarle lo que hacían las dos figuras toqué la figura masculina para que ella viera cómo el resorte causaba que el hombre se le encajara a la mujer. "¡Santo Señor!" exclamó Martita a grito abierto. "¿De dónde chingaos sacaron esa diabluría? ¡Dámela!" Yo, asustado por su reacción, pronto se la entregué y le insistía, "pero ¿qué es? y ¿por qué te enojas?" "¡Anda, cabrones!" contestó. "¡Cómo no se fueron mejor al parque a jugar con alguna pelota en vez de andar buscando chingaderas!" "Pero ¡mamá!" le respondí, "nos la encontramos por suerte, no la buscábamos". "¡¿Por suerte?!" me contestó. "¡Cómo mejor no se encontraron una biblia para que se pusieran a leerla! Mejor ya váyanse a jugar y déjenme tirar esta diabluría". Yo, totalmente confundido por su enojo al ver ese juguete que en fin ni le entendí su propósito ¡y por lo cual se me hizo algo aburridísimo! ¡Dizque el hombre subiéndosele a la mujer por detrás! *¿Para qué? Ni chiste tiene ese juego*, pensé, mientras me encaminaba en búsqueda de otras aventuras. No fue mucho tiempo lo que duramos en esa ciudad y en unos breves meses, nos fuimos rumbo a otra con el nombre de Wasco.

Capítulo 9

En Tejas

Antes del Viaje

Era yo un chiquillo de unos seis años cuando me la pasaba jugando en un montecito que estaba al cruzar la pequeña carretera rural que corría al frente de nuestra casa. Ese lugar contenía mucho misterio para mí. Cuando me encontraba en él parecía haber entrado en otro mundo. Contenía vegetación tupida de una gran variedad de plantas, mezquites y nopales.

También había tortugas, las cuales se escondían entre las nopaleras o en los pozos que hacían por los troncos de los árboles. Me gustaba detenerlas en mis manos y acariciarlas mientras les contaba los cuadros que traían dibujados en sus caparazones. Luego las regresaba a su lugar. A la vez, había lagartijas y sapos con cuernos que corrían de un lado de la carretera al otro en búsqueda de sombra durante los días calientes. Unos, no alcanzaban a cruzar cuando eran apachurrados por algún mueble que pasaba con rapidez y se quedaban allí, como pintados para siempre en el pavimento. Pero algo espantoso que también se encontraba en el área, ¡eran las víboras de cascabel! Yo sabía muy bien que esas sí eran peligrosas. Platicaban los grandes que con una mordida de ellas, la persona podía morir muy pronto sin auxilio médico. En ese rancho, los dueños les pagaban a los trabajadores por cada víbora de cascabel que mataban. No las querían porque envenenaban a las vacas y la leche que cargaban. Es por eso que yo siempre andaba al tanto de ellas. Tan pronto que las oía chillar, me detenía, y poco a poco, me apartaba de allí.

En otras ocasiones me pasaba yo los días calurosos corriendo entre

125

ese monte jugando solo o en búsqueda de puntas de flecha que parecían ser muy abundantes ya que algunos de mis hermanos las encontraban fácilmente. Había escuchado historias acerca de los nativos que vivieron por esos lugares en otros tiempos. También de los españoles que pasaron por allí y de las batallas entre los gringos y los mejicanos. "Muchos muertos", decía la gente grande, "por todos estos lugares". En ciertas ocasiones, cuando sentado sobre alguna piedra, me enfocaba en el ambiente y parecía oír susurros que venían y se iban entre las oleadas del viento y el movimiento de las hojas de los árboles. Habían veces que yo creía oír que me decían "Joel, Joeel, Joeeel..." Y en otras aseguraba oírlas decir "tu mamá, tu mamáá, tu mamááá." Mas la frescura del aire parecía arrullarme y el murmuro de las voces me causaban emociones mixtas. En primer lugar, no me causaban miedo, pero luego recordaba las advertencias de mi madre, que lugares como estos, contenían el eco, el recuerdo, de lo que ya había pasado. Algunas almas, decía, siguen vagando porque cuando vivos, no esperaban morir en lugares como estos, y sus espíritus siguen aquí. Pero no necesariamente son malos, me decía. Algunos son buenos y buscan quien les ayude a encontrar su camino. Al recordar aquello yo les hablaba en voz baja diciéndoles, "yo no soy nadie. Soy un niño. No sabría ni cómo ayudarles." Y pronto agarraba camino rumbo a mi casa. Pero lo curioso es, que al día o dos, sentía un llamado muy profundo de regresar para oír las voces secretas otra vez, y, de nuevo, me encaminaba rumbo al monte, cada vez, armado con poca más valentía, para escuchar y tratar de entender su mensaje.

En otras ocasiones, me montaba arriba de alguna vaca que anduviera cerca y me paseaba por los pastos mientras ella caminaba y comía. Vivíamos en el Sur de Tejas en un pueblecito que se llamaba Sandia, que abarcaba varios ranchos y lecherías donde mi papá y hermanos mayores trabajaban. El centro comercial se formaba de algunas dos o tres tienditas. Mi papá y hermanos ya estaban cansados de ese trabajo y lo que se ganaba no parecía ser suficiente para mantener a la familia. También fui al primer grado en una escuelita de dos pisos. Aprendí el abecedario, los números, a cantar y también a jugar béisbol. Para mí, esa vida fue un encanto, todo parecía estar bien, pero obviamente, no lo estaba para mis padres.

Aunque era un niño, yo entendía muchas cosas. Y por el momento, entendía que había una emoción muy grande en el aire. Oía platicar a mis padres y hermanos mayores del viaje que se aproximaba. "¿A dónde vamos?", le peguntaba a quien me escuchara y se compadeciera de mi curiosidad y confusión. Por fin, habló mi madre. "Nos vamos a California, Joel. Dicen que por allá hay mucho trabajo ya que aquí la vida está muy tirante". "¿Y dónde está California?", le pregunté. "Pues, muy lejos de aquí y duraremos algunos días en llegar". "¿Y cuándo regresaremos?" pregunté, pensando en lo tanto que iba a extrañar mi hogar, el monte y sus animalitos, las vacas, y, más que nada, la escuela. "Pues no sabemos", me contestó. "Quizás ya cuando juntemos mucho dinero, nos regresamos". A los cuantos días, empezaron los adultos a subir todas las cosas necesarias como ropa, colchas, almohadas, los trastes de la cocina, y algo mucho muy importante para mí, fotos de mi familia, algunas tan viejas, que se veían mis padres y hermanos mayores muy jóvenes. También había fotos de tíos, tías y otros parientes que vivían en México.

Unos días antes de salir, corrí hacia el monte y allí en medio de todo su misterio, grité en voz alta, "¡Ya nos vamos pa' California! ¡Los voy a extrañar! ¡Quisiera llevármelos, pero no puedo!" No estoy seguro con quién me dirigía, pero creo que se lo decía a todo quien había sido parte de mi vida en ese lugar secreto, la vegetación, todos los animalitos y también… las voces que me murmuraban de vez en cuando. En ese mismo momento sentí un vientecito agradable que me rodeaba apretándome cariñosamente como invitándome a quedarme para siempre allí. Mas no se pudo. A la distancia escuché la voz fuerte de mi madre quien gritaba, "¡Joel! ¡¿Dónde andas?! ¡Ya métete!"

Ese viaje a California con toda la familia fue otra gran aventura como cuando me fui con mi mamá a México, mas este se sentía más placentero porque íbamos todos juntos. En el camino pasamos por mucho desierto y sierra a la vez. La sierra no se parecía a la que había conocido en México ya que esa serranía era verde y con monte. Estas se veían secas. Durante ese largo camino, parábamos de vez en cuando en lugares de descanso para que mi mamá nos preparara unos sándwiches, ya que había comprado barras de pan, Balóni (mortadela), y mayonesa. Yo encantado con esas comidas. ¡Me sentía rico! *Por fin*, pensaba yo, *no tenemos que siempre comer frijoles y tortillas.* Empecé a conocer comida de lata, la cual me parecía muy sabrosa.

Al cruzar la frontera de Arizona a California, ya no traían suficiente dinero mis papás para seguir el camino y se detuvieron en la primera ciudad a donde llegamos. Se llamaba Blythe. Se veía algo muy desértico y seco con la excepción de las labores agrícolas. Allí encontraron trabajo en esas mismas labores de algodón y nos quedamos algunas semanas. Vivimos en unos cuartitos todos amontonados, pero sin quejarse nadie. Entendíamos que era solo por un tiempo corto.

Recuerdo una noche cuando mi papá estaba sentado afuera platicando con un nuevo amigo, los dos tomando cerveza. Me había permitido acompañarlo por mi promesa de que no me iba a entrometer en su plática con el otro señor. Al poco tiempo de estar allí, empecé a ver muchas cucarachas que andaban por todo lugar. Por la tierra, por nuestros zapatos, sobre la mesita donde tenían los hombres sus cervezas, subiéndose a las botellas de cerveza que tomaban y peor todavía, metiéndose en ellas. De primero me hipnotizaba la fiesta que tenían, pero pronto empecé a analizarlas y entendí que ellas también eran una familia muy grande y que andaban en búsqueda de qué comer. *Son como la gente,* pensé yo, *y las que andan en la cerveza han de ser las borrachas entre ellas.* Lo digo así, porque vi que no todas se metían a las botellas de cerveza, solo algunas cuantas. Me empezó a dar tristeza por esas cucarachas ya que no se veía mucho que comer para ellas. Estaba una bolsita de cacahuates sobre la mesa que comían los hombres, pero muy pronto barrieron con ellos y no les dejaron más que las cáscaras en la tierra. Entonces me acordé de los animalitos del monte con quien yo jugaba antes y les empecé a hablar en silencio. *Mejor váyanse,* decía yo sin abrir mucho la boca, *y búsquenle por otro lado.* De repente sentí un vientecito fresco que empezaba a remover la basura del piso y las hojas del zacate seco que se encontraba a nuestros pies. Cuando menos lo supe, las cucarachas empezaron a desaparecer entre el mismo zacate. *Les dio frío,* pensé yo, *y ya se fueron a dormir.* De rato, me sentí aburrido con la plática sin chiste que tenían los hombres y me metí a casa.

"Ni te imaginas", le dije a mi madre. "Había un cucaracheo en el patio donde estaban mi papá y aquel hombre tomando. En todo se metían, hasta en las botellas de cerveza que tomaban." "¡Anda!" me dijo. "Estos hombres son unos borrachos y marranos. No lo dudes que ahorita mismo se las estén masticando." "No" le dije. "Las estuve contando. Toda la que se metió, se escapó antes de que se la bebieran en la botella." "¡Santo Señor, Joel!" me dijo. "¿Así es que te la pasaste contando cucarachas?" "Pues sí," le dije. "Temía que se comieran alguna. O que pisotearan algún otro montón. ¿Pero sabes qué? Empecé a pedirles que se fueran a buscar comida por otro lado ya que allí no había nada y se desaparecieron." "¿Ah, sí?" me preguntó. "¿Entonces tú crees que te entendieron?" "Pues, no" le dije. "Es que en eso se vino un vientecito y les dio frío causando que todas corrieran entre el zacate y ya no las vi. Se fueron." Se me quedó viendo mi madre con perplejidad en su cara. "Pues Dios trabaja de manera misteriosa" dijo por fin. "Hay cosas que no entendemos. Quizás Dios sintió tu angustia por esos animales y les inspiró por el viento que se fueran. Parece ser que eres un buen niño y Dios te escucha. Mas ahora, vete a dormir, pero persígnate antes y habla con Él. También pídele que nos vaya bien en este viaje, que lleguemos sin ningún problema a nuestro destino, y que encontremos mucho trabajo." Esa noche, me persigné, me acosté y hablé con Diosito. Primero le di las gracias por salvar a tanta cucaracha, luego le pedí que nos diera un buen viaje con mucho trabajo para mi familia.

Al juntar suficiente dinero para seguir, se levantó nuevo viaje y seguimos adelante hasta llegar a nuestro destino, la ciudad de Madera, California.

Tendría unos cinco años cuando en una ocasión, me levanté de mi cama con una preocupación muy grande. Había experimentado una pesadilla que cargaba fuerte en mi consciencia. Reuní a mis tres hermanos, Silverio, Juanita y Héctor para platicarles del sueño siendo que los tres habían sido participantes activos en él. "A ver pues, ¿qué soñaste?" me insistían. Y yo, todavía sintiendo el terror de la pesadilla, les conté...

"Pues estaba yo en esta misma casa dormido cuando de pronto desperté y me encontré solo. Los buscaba a ustedes por todos lados sin encontrarlos. Por fin escuché sus voces a la distancia y me di cuenta de que andaban los tres allá por el arroyo donde hay mucho monte. En un área limpia de vegetación, los encontré preparando todo para un picnic. También habían hecho una lumbre, tendieron una sábana en el suelo y empezaron a sacar las vasijas y comida. En ese momento, se dieron cuenta que les hacía falta una olla y sartén para cocinar. Siendo yo el recién llegado, me mandaron a que yo me regresara a casa y traer lo que faltaba. Muy animado por el evento que ustedes preparaban, me fui corriendo hacia casa para traerles lo que me pedían. Pues llegué, me metí a la cocina y saqué todo lo necesario. Al abrir la puerta de la misma cocina para salir, vi a mano izquierda que la tierra se estrellaba ¡y que de allí mismo salía el diablo!" "¿Y cómo sabías que era el diablo?" me preguntó Silverio. "Ah, porque se parecía al diablito de la lotería mexicana" le dije. "¿Y qué hiciste?", me preguntó Juanita. "Pues me asusté mucho" le contesté, "y me quedé congelado. ¡No me hablaba, solo me miraba con unos ojos muy feos como si quisiera llevarme con él al infierno!" Héctor, muy asustado, se pegaba a Silverio y a Juanita mientras escuchaba lo que yo les contaba, y me preguntó, "y luego ¿qué hiciste?" "Pues le gritaba en mi mente a Diosito que me ayudara cuando de repente, pude moverme y me fui corriendo hacia ustedes. Volteaba yo para ver si no me seguía y ya no lo vi." "¿Y luego?" me preguntaron los tres al unísono. "Pues ya no supe qué pasó. ¿Tú no te acuerdas, Silverio?" le pregunté muy preocupado a mi hermano. "¿Cómo?" me preguntó él, riéndose. "No fue mi sueño, fue tuyo." "Sí" le imploraba yo, buscando respuestas, "pero allí estabas tú también. ¡Tendrías que haberlo visto!" "Y ustedes" le preguntaba a Juanita y a Héctor, "¿qué vieron ustedes?" "Nada" me contestaron, los tres riéndose en voz alta. "El diablo andaba detrás de ti, no de nosotros. ¡Tú eres quien lo soñó!" Pues me quedé muy triste al ver que ahora mis hermanos negaban haber estado allí conmigo siendo que yo vi a los tres y que ahora se burlaban de mí. También me sentía frustrado al no poder recordar el final de mi pesadilla con mejor claridad.

Me pasé todo el día preocupado por ese sueño y su significado. Esa tarde me le arrimé a mi mamá cuando se encontraba en la cocina haciendo tortillas. Le platiqué del sueño mientras me comía una con mantequilla, y de cómo se burlaban de mí, mis hermanos. "¡Ay Joel!" me respondió. "Es que el sueño fue tuyo y era un mensaje solo para ti, no para ellos." "Pero ¿por qué?" le pregunté. "¿Qué quieres decir con eso?" "Pues mira," me dijo. "Normalmente cuando uno anda en malos pasos, haciendo travesuras, se le arrima el chamuco, ya sea en persona o en los sueños para ver si puede hacer un trato con él." "¿Y qué quiere decir eso, hacer un trato?" le pregunté. "¡Ah!" dijo, "pues hacer un trato es comprometerte a seguir haciendo cosas malas las cuales a él le gustan y así saber que lo prefieres a él en vez de a Dios." "Pero yo no lo prefiero a él", le contesté. "Ah bueno", me dijo. "Entonces fíjate bien en las cosas que haces. Si andas de travieso, haciendo cosas que tú sabes no están bien, ya me oíste, él te buscará. A mi parecer", dijo, "tú has de andar haciendo cosas que no debes, por eso lo soñaste. Esa fue tu primera advertencia. Pero si sigues en ese camino, al rato se te aparecerá en vivo. Así, es que ya sabes." Yo, asustado, le juré a mi madre que no había hecho nada malo y me respondió que, si eso era cierto, entonces fue que el diablo se equivocó. "Pórtate bien en todo lo que hagas", me dijo, "y ya no lo volverás a soñar, y mucho menos, verlo en persona. Rézale a Dios y pídele que te aparte de las malas tentaciones para que ya no tengas esas pesadillas." Al terminar con su consejo, me le pegué más para darle un fuerte abrazo. "Ay Joel", me dijo. "Eres un buen niño. No te preocupes". Y con mucho amor me dio un abrazo fuerte, el cual yo necesitaba desesperadamente en ese momento de inseguridad y miedo. Mas, esa noche, antes de acostarme, le pedí a Diosito que me perdonara por enojarme con mi hermano Héctor de vez en cuando, y por decir malas palabras cuando enojado, por hacer berrinches con mi mamá cuando no me hace caso, y más que nada, por mentirle que yo no hacía cosas malas como estas.

El Pasaporte

Tendría yo unos cuatro años cuando mi madre decidió ir a México a visitar a sus hermanos. Era algo que hacía una o dos veces al año. Vivíamos en Sandia, Texas y la frontera con México estaba a unas breves horas. En esa ocasión solo cargó conmigo mientras mis hermanos se quedaron bajo el cuidado de mi papá. Su plan era visitar a su gente una semana y luego regresar, mas tuvo problemas con la pasada fronteriza de regreso ya que no traía los documentos necesarios. Al no poder entrar a EE.UU., no encontró otra opción más que regresar a Monterrey con su gente, mientras arreglaba su pasaporte para regresarse con su familia en Tejas. Lo que ella esperaba tardar unos días, se prolongó por unos dos o tres meses. Todos los días se iba muy temprano a las oficinas del consulado mejicano para llenar papeleo y preguntar que si no había llegado su pasaporte. Y todos los días le daban la misma respuesta: ¡No! Ella se encontraba desesperada por salir rumbo a su casa ya que tenía un montón de hijos y a su esposo que la necesitaban y la esperaban con impaciencia. Yo, no entendiendo sus penas y tristezas, me ponía muy necio con ella ya que también estaba cansado de esta larga visita y me quería regresar a mi casa. En muchas ocasiones, me llevaba con ella y nos paseábamos por el centro de esa gran ciudad para distraer ella los nervios como acostumbraba a decir, y distraerme a mí también ya que me convertía en un diablito muy necio. Al comportarme mal, no la dejaba concentrarse en su trabajo de solucionar su gran problema, ya que tenía que ir cada día al consulado a rogarles que la ayudaran.

Cuando andábamos en el centro, le pedía una nieve la cual no me acababa, luego un elote el cual tampoco me comía. Todo se me antojaba y le hacía unos berrinches de los más feos para que atendiera a mis necias peticiones. Ella, con tal de no pasar tanta vergüenza ante la gente, me concedía algunos de los gustos, los cuales eran en realidad, una tiradera de dinero para ella, del cual no cargaba lo suficiente. Por esa razón, en muchas ocasiones, me engañaba, desapareciéndose muy temprano de la casa donde nos quedábamos. Era casa de su hermano y había muchos niños, mis primos, con quienes jugar, pero a mí solo me interesaba andar con mi mamá. Lloraba mares y recuerdo la tristeza y el pánico que sentía pensando que me había abandonado para siempre. Algunos de los niños me decían que ya se había ido para los Estados Unidos y que ya no volvería por mí. Esas palabras me aterrorizaban y le rogaba a quien me escuchara que la mandaran llamar. Ya en la tarde cuando regresaba, yo con mucho coraje, le bajaba sus más bellos vestidos del ropero, los tiraba al piso y se los pisoteaba. Ella, con mucha vergüenza, me regañaba y me amenazaba, que, si me seguía comportando así, me iba a dejar con los tíos para siempre. No recuerdo si mejoró mi carácter durante esas etapas, pero sí recuerdo el gran temor que sentía de que se alejara y no volviera por mí. Mas un día, Dios escuchó su oración y le dieron su pasaporte. En un dos por tres, nos encontramos en un camión rumbo a nuestra casa en Estados Unidos. Me imagino que ella por fin respiraba libremente y con más seguridad. Yo, me sentía el niño más feliz del mundo y me la pasé hablando con ella y cantando todo el camino a casa. "¡Válgame Dios!" exclamó mi madre. "¡Nunca cerraste la boca!" Y ya con esas palabras entendí que la había incomodado y recordando sus previas amenazas de abandonarme en México, me callé. Durante el resto del camino le pedía a Diosito que me convirtiera en un niño bueno para solo complacer a esa señora a quien yo amaba con toda mi alma.

En otra ocasión mientras seguíamos en México y ella todavía no arreglaba sus papeles, nos encontramos subiendo el precipicio de un cerro. Yo veía que mi madre subía con mucho cuidado agarrándose de las rocas y troncos de yerbas y árboles que veía y a la vez instruyéndome a que yo hiciera lo mismo. "Agárrate de las yerbas o ramas de árboles que alcances, Joel. Y pisa con mucho cuidado." "Pero ¿a dónde vamos?" le preguntaba yo, muy preocupado. Veía para abajo y me daba miedo por la distancia de la caída. "No voltees pa' bajo", me instruía, "solo ve pa' rriba y pronto llegaremos." Qué gran misterio era esto para mí. Entre momentos de terror y miedo de caerme, volteaba hacia su lado y veía a mi madre, una mujer bonita, bien vestida, fuerte y con mucho ánimo para escalar lo que para mí parecía ser una montaña sin fin. "No tengas miedo", me decía. "Enfócate en el trabajo a mano; eso de subir hasta que lleguemos arriba." Yo, con mucho temor, pero a la vez animado al verla a ella subir con mucha seguridad, trataba de hacer lo mismo. Por fin llegamos al punto de arriba y allí, nos encontramos con una multitud de gente caminando ante una iglesia magnífica, muy grande y antigua. En nada se parecía a la parroquia de nuestro rancho en los Estados Unidos. Aquella parecía una cabaña en comparación con esta. A la distancia vi a unos vendedores de frutas y aguas frescas. Antes de abrir la boca, me dijo mi madre. "Sí, ya vamos a comprar algo para tomar." Ya descansando, vi que había un camino para los muebles que traía a la gente hasta arriba. "¿Y por qué no subimos por el camino en camión?", le pregunté. "¡Ah, no!" me respondió. "Eso sería lo fácil. Siempre hay que buscar una aventura." "¿Y qué es una aventura?" le pregunté. "Pues algo nuevo", me dijo. "Una manera nueva y misteriosa de llegar al mismo lugar. ¿A poco no sentiste mucha emoción al treparte por el lado del cerro?" "Pues sí", le dije, pensando que la emoción que sentí iba llena de miedo. "Pero ¿qué tal si nos hubiéramos caído?" "Anda, Joel, tú siempre analizando todo por el lado negativo. Mira, hay que pensar de manera positiva siempre. A los retos, siempre búscale por el lado bueno.

Ya ves, aquí estamos los dos, tomándonos un refresco y recordaremos para siempre nuestra aventura".

Con los años entendí que esa aventura fue así porque mi pobre madre no tenía suficiente dinero para subirnos en camión y también comer, retándose a escalar el cerro para llegar a un sitio turístico y lleno de misterio. El lugar en el que estábamos se llamaba El Obispado. Allí, sentados, me platicó que era una iglesia muy antigua y, que, en otros tiempos, los sacerdotes habían hecho un túnel de esta iglesia a la catedral que estaba por el centro de la ciudad. Desde donde nos encontrábamos sentados se podía apreciar todo el panorama de la ciudad de Monterrey. Era algo indescriptible. Y ella apuntando hacia el centro de la cuidad, me hacía ver una iglesia mayor situada allí. "Esa", dijo, "es la catedral". "¿Y dónde está ese túnel?", le pregunté, ya con un interés elevado por el nuevo enigma de túneles. "Pues no dejan entrar al público" me dijo. "Todavía hacen estudios allí. Han encontrado huesos de sólo Dios sabe quién. Y no vaya a ser que, si nos metemos tú y yo, ¡nos agarren los fantasmas de esa gente y nos maten de susto!" "¡Ay no!" le respondí. "¡Mejor no!" Ella, quedó satisfecha de que con sus palabras exageradas me había convencido en dejar el tema. "Mejor vamos a entrar a la iglesia y rezar para que nos vaya bien con mis papeles y poder irnos pronto a nuestra casa". "¡Ay sí!", le respondí. Juntos entramos a lo que ahora era más bien un museo, pero por fin encontramos un lugar en donde rezar y nos hincamos para hacerlo. Ella como siempre, con su rosario en mano, moviendo sus labios sin decir nada. Yo, pidiéndole a Diosito que le ayudara a mi mamá a pronto arreglar su pasaporte para irnos de estos lugares tan antiguos y llenos de espantos. Le prometí, que, si nos daba el pasaje, yo siempre iba a ser un niño bueno y portarme bien con ella. Al terminar, me le arrimé y la abracé, sintiendo que Diosito me había escuchado. En pocos días, ¡íbamos camino a casa!

Muchos años después cuando yo ya era un joven adulto, le platicaba a mi madre de mi recuerdo acerca de ese viaje tan largo que tuvimos en México cuando yo tenía cuatro años. "¿Todavía te acuerdas?", me preguntó. "Nunca lo he olvidado", le contesté. "Vive ese recuerdo en mí como si hubiera ocurrido ayer. En parte, son bonitos recuerdos porque me llevaste a muchos lugares de paseo, pero a la vez fue algo traumático para mí porque me abandonabas en casa ajena sin explicarme a dónde ibas". "¡Ay, Joel!", me respondió. "¡Perdóname hijo de mi alma si en ese entonces te ofendí!

¿Pero sí recuerdas también lo necio que fuiste tú conmigo?" "Ah, sí", le contesté. "También eso lo recuerdo muy bien y llevaré un remordimiento en mi alma hasta que me muera por haberme portado tan mal contigo". "Joel", me dijo. "Ya deja de sentirte así. Sacúdete del pasado y en particular tu mal comportamiento en ese entonces. Eras un niño, inocente. Quizás si no te hubiera llevado conmigo en esa ocasión, no te hubieras 'traumado' como tú dices. Pero Dios es muy grande y Él lo permitió así por alguna razón. Tú, enfócate en lo que hayas aprendido de esa experiencia y sácale algo bueno al recuerdo". "Pues sí, es cierto", le contesté. "Siempre he agradecido que me llevaste, porque por ese tiempo de mi niñez, fuimos sólo tú y yo. Pero siempre me he sentido mal, porque recuerdo muy bien las travesuras que hice contra ti. Y también pido que me perdones tú a mí por mi mal comportamiento". "¡Anda!" me dijo. "A mí no me pidas perdón. Tu comportamiento de niño fue algo que todo niño hace. No me ofendiste, sólo me hiciste pasar mucha vergüenza ante la gente. Pero si de veras te sientes tan mal así, habla con Dios y pídele perdón a Él". "OK", le respondí. "Pero siempre he traído una pregunta muy seria en mi mente acerca de ese viaje: ¿por qué fue que batallaste tanto para que te dieran tu pasaporte? ¡Fueron meses!" "Anda, Joel", me contestó. "Allí, está el detalle. Ni te imaginas lo mucho que yo también sufrí por esos desgraciados hombres del consulado…"

"Pues toca que fui muchas veces a ver si me habían confirmado el pasaporte y la respuesta siempre era la misma. Yo les rogaba que me tuvieran una poquita de compasión ya que andaba contigo, un niño de cuatro años y que me esperaban con mucha necesidad otro montón en los Estados Unidos. Pues al viejo desgraciado nunca se le ablandó el corazón, insinuándome siempre cosas inapropiadas". Yo, no creyendo lo que pensé entender de su explicación, me atreví a pedirle aclaración. "¿Como cuáles cosas inapropiadas?" "¡Pues el cabrón quería que me acostara con él!" "¡¿Qué?!", le insistí, totalmente asombrado. "Así es", me dijo. "Fueron tantas las veces que me negó mis papeles hasta que un día me fui con una comadre hasta la capital y les hice petición por mi problema. Obró Dios, y un hombre de alto puesto me atendió. 'Pero Señora', me dijo. 'Su papeleo lo aprobamos desde el segundo día que nos llegó aquí, en menos de una semana lo regresamos al consulado de Monterrey'. Pues en eso, me solté llorando y le expliqué lo tanto que había sufrido ya por más de dos meses y lo que aquel hombre me insinuaba. Pues, el Señor, se compadeció tanto de mí, que escribió una carta la cual selló. Entonces me dijo, 'mire Señora, regrésese a Monterrey ahora mismo, y vaya al consulado de nuevo. Busqué a ese hombre y, sólo a él, dele esta carta. Su pasaporte estará en sus manos.'

Pues al llegar a Monterrey, me fui directamente a la misma oficina del consulado y le expliqué al hombre que yo había ido hasta la capital y que hablé con los oficiales quienes me pidieron que le entregara sólo a él la carta que traía a mano. Al leerla, vi que le cambió hasta el color de su cara, como si hubiera visto un fantasma, fue a su oficina y en su mano traía mi pasaporte. 'Aquí está', me dijo. Y ya con él en la mano, le pregunté qué por qué me lo había negado. Él no supo que decirme más que lo sentía por haber tardado tanto en aprobarse. Entonces, ya no aguantando sus mentiras le grité, '¡A los dos días de recibirlo me lo aprobaron! Así me lo dijeron allá. Y también les platiqué de las diablurías que usted me insinuaba y prometieron venir a visitarlo un día muy pronto. ¡El problema es que usted es un viejo desgraciado, cochino, y abusivo! ¡Espero que Dios lo pueda perdonar por tanto que me ha hecho sufrir a mí y a mi familia que han estado sin su madre por más de dos meses, y sólo porque usted es un méndigo y un cabrón!' El hombre, asustado con el cambio de carácter que vio en mí, solo me decía, '¡ya váyase!' '¡Sí, ya me voy!' le contesté. '¡Y espero que usted también se vaya mucho a la chingada y al infierno!'"

Asombrado por esta revelación, yo me sentí aterrorizado de nuevo, como cuando fui un niño en aquel lugar. Tanto que había sufrido mi madre, la mujer más bella del mundo, por los antojos totalmente inapropiados de un oficial que abusaba de su poder, acosando sexualmente a las mujeres inocentes y quizás perdido en su machismo. *¿Cuántas caerían en su trampa?*, pensé yo. Mujeres desesperadas por arreglar sus papeles a cualquier costo. Quizás con su autoestima muy baja y acostumbradas a que el hombre manda, aunque sea malamente. Y luego, yo también, figura masculina, aunque en forma de niño todavía en ese entonces, abusando de mi madre por otro lado; ¡Haciéndole la vida de cuadritos! *¡Santo Señor!*, pensé. *Cuánto ha sufrido esta pobre mujer. Ninguna mujer debe sufrir así.* Y en ese momento juré en silencio que yo jamás iba a ser un abusador de mujeres. *Al contrario*, pensé, *¡las voy a respetar con corazón y alma! Voy a protegerlas, ¡siempre!*

Capítulo 10

La Niña

En su Pueblo Natal

Siempre fui muy apegado a la gente mayor. Tuve buena conexión con ellos. Se dijo por esa gente mayor que conoció algo de Marta López García cuando fue una chiquilla en su rancho, que era una niña excepcionalmente bonita. No solo físicamente, pero de carácter también. Me lo decía su hermana mayor durante una de las miles veces que conviví con ella, y otras señoras de edad a quienes tuve el placer de conocer cuando era un adulto joven y visitaba su pueblo natal. Una de esas señoras, tía de mi mamá, mantenía un buen recuerdo de la gente de su rancho en los tiempos muy antepasados. "Tu mamá", me dijo en una ocasión, "era una niña mucho muy bonita y siempre muy atenta con la gente mayor, así como tú lo eres". "Le encantaba hacerles los mandados. Sus tías la querían mucho. Yo siempre decía que como Marta no hay dos. Para ella no había excusas para no hacer un favor. Siempre fue la primera y en muchos casos, la única que se ofrecía." Me alegraban el corazón esas mujeres al hablar maravillas de mi madre. Y yo en turno, me enamoraba también de esas viejecitas. *Es mi sangre*, pensaba yo. *Mi sangre, por medio de mi mamá*. Todas fueron mujeres excepcionales; sufridas, ¡pero aguantadoras! Seguían adelante sin quejarse mucho de las adversidades de la vida. Mas ahora, platicaban de algo placentero que habían experimentado en sus vidas: mi madre.

"Tu mamá", me decía su hermana mayor, "fue la consentida de papá. A todos nos quería, ¡pero Marta era su prenda! Y ella, lo adoraba a él. Esta cabrona por donde quiera lo buscaba cuando él se iba al trabajo. Él tenía muchas chivas y se perdía en el campo con ellas. En otras ocasiones, las arrimaba más cerca del hogar y les daba descanso bajo los huizaches. Pues allí le llegaba Marta, ya sea con una taza de café o agua para que él tomara. '¡Anda!', le gritaba papá con mucho gusto. '¡Eres una lagartija! Ni el solazo, ni la arena caliente te detiene de lo que buscas'. '¡Papá!' le gritaba ella, arrimándosele para darle su bebida y abrazarlo. '¿Dónde has andado?' '¿Pues cómo que dónde, hija? En el campo con las chivas. Mañana ustedes tendrán mucha leche y queso". 'Ay papá", le respondía ella, abrazándolo fuerte y feliz por estar a su lado y saber que mañana sería otro día lleno de alegría."

"Y también decían las viejitas de antes", siguió diciendo su hermana, "que Marta era la adoración de todos quienes la conocían. Cuando había difuntos, le llamaban a ella porque siempre confiaban en que ella les iba a ayudar en lo que pudiera y en que siempre tendrían flores en el sepulcro. Esta cabrona se iba desde muy temprano al campo en búsqueda de flores para traerles. Y luego cuando tendían el cuerpo en alguna mesa en la sala para velarlo, era ella quien lloraba mares. ¡Lloraba más que los dolidos! Ni los parientes aún se preocupaban tanto como ella. ¡Fue muy servicial!"

"¿Y de dónde viene la gente de ustedes? ¿Quiénes eran sus antepasados?", les pregunté. En eso, otra señora, un poco más veterana que las demás me dijo. "Ay mijo. Se ha dicho que la gente de nosotros vino de España, otros dicen que de un mentado Portugal. La verdad es que ya no se sabe con precisión. Dizque el primero que llegó fue un capitán muy importante en Monterrey. Que llegó desde el otro lado del mar y pronto se integró con la política de aquí. Tuvieron él y su esposa muchos hijos y todos ellos tuvieron otro montón y así se fue acumulando la gente hasta que nos convertimos en un borbollón por todo el estado. Se les regaló mucho terreno a los antepasados, pero con los años y con el gentío creciente, ¡ya quedamos pelones sin casi nada! Y fue por eso por lo que la gente de aquí se empezó a ir a los Estados Unidos en búsqueda de mejor vida para sus familias. Entre ese montón iba tu madre, que ya nunca volvió hasta ahora, que ya somos unas chivas viejas". Con esas palabras empezaron todas las señoras incluyendo mi madre, a reírse en voz alta, "¡ja! ¡ja! ¡ja!" "Pues sí", dijo otra, "¡ya estamos hechas garras! ¡ja! ¡ja! ¡ja!" Y así fue como fui aprendiendo un poco más acerca de la niñez y juventud de Martita y la de su gente.

Su Nacimiento

Una noche, todavía estando en el rancho de San Vicente, dormido en la casa que fue de mi abuelo, padre de Martita, y quizás en la misma cama donde él dormía, me encontré en un sueño muy profundo. Caminaba yo muy temprano por la mañana por las casitas de adobe de ese mismo lugar, mas era otro tiempo, mucho más atrás. Lo sabía porque no se miraba nada de modernización. No veía calles pavimentadas, solo de tierra y muy angostas. No se veían autos, solo unos caballos en su corral a la distancia. No veía ni luces públicas que iluminaran mi caminar, solo el alba que se compadeció de mí, guiándome por esa madrugada. Yo llevaba un propósito muy claro en mi mente y sabía cuál era mi destino y con cuál gente me quería encontrar. Seguía el llanto de un bebé, aparentemente recién nacido. *A poca distancia*, pensaba yo... *No falta much*o. En eso, sentí que también me acompañaba un airecito, no frío, más agradable, que causaba que las hojas de los árboles cercanos empezaran a bailar y chillar calladitamente como si se alegraran secretamente al verme pasar. Las veía yo con mucha curiosidad, pensando a la vez, que también la naturaleza sabía cuáles eran mis intenciones en esta caminata. Cuando menos lo supe, llegué a mi destino y me encontré ante un grupo de mujeres atendiendo el parto de la señora Rita García López.

"¡Es niña!", anunciaba la partera, dándole a la mamá su bebé para que la cargara... ¡Es niña! Había nacido en un jacal, en el rancho de San Vicente, Nuevo León, México. "¡Y hoy es el catorce de febrero de 1913!", anunciaba otra. La recién nacida, quien ahora era acariciada por su madre y a quien se le puso por nombre Marta, parecía estar feliz y con sus ojos todavía cerrados, volteaba hacia la puerta de entrada donde estaba yo y medio sonreía ante mi presencia. "¿Qué sentirá?", preguntó una de las mujeres. "Es como si alguien estuviera allí a donde ella voltea y le sonríe". La mayor de las señoras pronto respondió diciendo, "son los espíritus, hija, que vienen como testigos de su nacimiento. Parece ser que Martita trae un don muy especial. Recién nacida y ya percibe la presencia de ellos. Ha de ser algún pariente de su pasado". "O de su futuro", dije yo en voz alta, aunque no me oyeron, ni tampoco me veían. Solo la niña percibía mi presencia. Otras dos mujeres, sentadas a un lado de la mamá y su bebé, empezaron a preguntar: "¿Cuál será el futuro de esta niña? ¿Cuál será su propósito como ser humano? ¿Cómo será su vida? ¿Será feliz? ¿Será amada? ¿Se casará? ¿Tendrá hijos? ¿Cuántos? ¿Le traerán alegría? ¿Vivirá muchos años?"

"Son preguntas inútiles", les contestó la señora mayor con una voz muy firme. "Porque cada una de ellas son preguntas sin respuesta por ahora. Se van contestando con el pasar de la vida. Según sus experiencias y como ella las vaya atendiendo. Nadie puede predecir el futuro. Solo Dios. Él es el que dice conocernos desde el principio de los principios y promete amarnos hasta el final de los finales. En Él confiemos. ¡Solo Dios sabe cuál será la vida de la niña Marta! ¡Pero eso sí, parece ser la bebé más bella del mundo! Oremos, ¡para que la cruz que le toque cargar no vaya a ser tan pesada! Va a sufrir la pobre criatura, porque ese es nuestro destino como mujeres. Pero pidamos que Dios obre en ella durante su vida y le mande un protector quien la valore y la favorezca siempre. Amén."

Sobre El Autor

Joel Moreno creció en la comunidad agrícola de Wasco, CA. Él posee una Licenciatura en Español, Maestría en las Ciencias de Consejería, y un Doctorado en Terapia Matrimonial y Familiar.

El intento de este libro es inspirar al lector acerca la tenacidad del amor por medio de la familia y la leyenda familiar aun cuando se han experimentado tiempos difíciles y sufrimiento a través de las generaciones. Esta historia le da vida a la maravillosa presencia de a una mujer carismática y no permite que sea olvidada ni dejada hacia atrás. Ella fue una mujer que utilizó un método de amor con mano dura en la vida y a la vez pudo inspirar el respeto y un amor incondicional en otros.

Otro mensaje que quiero compartir con el lector es que el amor trasciende la familia, amigos y comunidad y busca ser confirmado. Cada uno de nosotros tenemos una historia que contar. También quiero que esta se use como un rompe hielo al crear discusiones acerca la familia, la tradicion, la experiencia inmigrante, pena y curación, y el amor.

Printed in the United States
By Bookmasters